才

龔鵬程 著

臺灣 學生書局 印行

總　序

龔鵬程

　　我們在看畫、論詩、品茗、聽曲、欣賞風景時，常可以聽到：「嗯，這幅畫好，意境很高」「這首歌很有味道」「不錯，這茶喉韻很好」「這個作家性靈洵美，才華洋溢」「這詩風神搖曳」「呀，這景觀氣象萬千，大氣磅礴」……這一類審美判斷語。

　　這類用語，往往可以概括我們對一個人一幅畫一首詩一處風景的整體觀感。例如那個人的髮型、衣著、五官、修短、談吐、舉止，整個人給我們一種感覺，讓我們發出：「這個人真有味道」的讚嘆。或者說是品味、趣味、人情味等等。這品味云云，就是審美活動的綜合判斷，用以說明我們對該事該物的理解與審美感受，也用以指該事該物的性質。當然，有時這些用語只是分析性的判斷，指該事物的某一部分特點和我們對某一方面的感受。

　　換言之，我們通常總要依靠這些語詞去描述審美經驗，說明審美對象。可是，這些語詞，在現今這個時代再繼續使用時，卻可能遭到一些質疑。比如一位外國人或許就不太能理解「詩有味道」是什麼意思，或神韻、才氣、性情、興象確切的含義為何。許多現代的讀詩者，看見古代詩話詞話中充斥著這類語詞，也常感難以捉摸，不知韻、趣、味、氣、品、情、風、神、靈、意、境、界等字

詞到底是什麼意思，爲什麼它們好像又可以隨意組合，變成韻味、品味、趣味、風味、情味、神韻、風神、風氣、風韻、韻趣……等等。這些語詞，用在文學及藝術批評上，好像也只是表白了觀覽者的印象概括，並未眞正說明審美對象的性質。

臺灣在七十年代中期曾經因此而引發了「中國究竟有無文學批評」「中國傳統文評只是印象式批評」的爭議。爭議的靶垛之一，就是這類用爲審美批評的語詞涵義不明或不夠精確，令人難以把捉。當時大力推介新批評來臺的顏元叔先生，爲黎明出版公司策編了一套《西洋文學批評術語叢刊》，大獲好評。相較之下，中國文學批評的這些語詞，如果也能稱之爲術語的話，似乎誰也搞不清楚這些術語的涵義、指涉、起源、演變、與之相關的文學觀念、流派、現象爲何。因此頗有人主張不應再使用這些陳腔爛調，講那些氣味神韻、摸不著頭腦的話，如此，才能建立起眞正的文學藝術批評。

可是，文學藝術批評的術語，不只是一些描述語，它同時也是一個觀念的系統。談意境、重才情、說韻味的評論體系，正顯示著論文藝者是秉持著什麼觀念在進行其審美判斷。術語，其實就是一個個觀念叢聚之處。我們對傳統術語不熟悉、感到陌生、難以理解，實質上即是因爲我們業已與傳統有了隔閡，不再清楚整個傳統文藝評論的觀念與體系了。故目前不應是拋開這些術語。拋掉它，事實上就是拋掉整個傳統文藝批評。而是首先應充分去解釋說明這些術語及其相對應的觀念，然後再看它能否與現代或西方之文評觀念對話。

基於這樣的想法，我們也曾於八十年代的《文訊》月刊上開闢

文學批評術語解釋的欄目，每期以辭典式的體例簡釋數則文學批評術語。但正如前文所述，術語往往涉及複雜的觀念問題，不是簡單幾句話就講得清楚的，所以大家眾議僉同，應就中國文評部分，仿西洋文學術語叢刊，另編一套中國文學批評的術語叢書，詳細說明每一個批評概念的義含與歷史。

這個工作由二十世紀八十年代末期開始，因人事倥傯、俗緣紛擾，到現在才能逐步完成，實在非始料所能及。但成事之難，適可見我們對此事之執著不捨。畢竟這是我們長期的心願，認為唯有講明這些觀念與術語，才能說清楚中國文評到底是怎麼一回事。不達成這個目的，我們是不會甘休的。

幹這場大事，我們的同夥人數眾多。總召集是黃景進。我負責敲邊鼓，擂鼓進兵，所以總說明這篇序，就由我代執筆了。

二○○四年五月

·オ·

才

目　次

第一篇　釋「才子」：
才性論與文人階層

第一章　正視天才

　　弘一大師圓寂時，章太炎曾作輓詩悼之，云：「生平事跡一篇詩，絕世才華絕世姿。朱門年少空門老，藝術宗師禪法師」。以此悼弘一，當然甚爲貼切；而尤可注意者，在於「絕世才華絕世姿」一句。弘一未出家時，音樂、戲劇、繪畫、篆刻、書法，無一不精；出家後，振興南山律學，亦可謂千古一人。此非僅賴其學力，亦非僅恃其修持，而由其才華使然。並世諸空門宗老，有其學殖與性行者不難，難在無其才華，故無此絕世之姿也。

　　像弘一這樣的例子，其實所在多有。學人，如章太炎、劉師培其實也都是才子，皆早慧；王國維也是詩詞經史金石俱擅的。他們在某一領域稍一駐足，就成爲那個領域中不可忽視的名字，一如黃宗羲說他弟弟黃澤望：「冥搜博覽，天官、地誌、金石、算數、卦影、革軌、藝術、雜學」「五行一覽，半面十年，漁獵所及，便企

專門」。這種人，就是博雅兼涉之才，才華震耀，讓人嘆賞而莫能追躡。

另一種，則是在單一領域中具有偏才。他做旁的事，可能甚爲笨拙，但對某一事物則特有會心；對某一藝，別具慧根，而出現別人難及的成就。故從這個領域看，也不乏有人是絕世才華絕世姿的。如杜甫文章不怎麼樣而詩特別好；曾鞏文爲古文八大家之一，詩卻平平；方苞的文章，足以開創桐城派，送詩給前輩看，人家竟勸他莫要作詩，因爲他可能欠缺些作詩的才華。

無論是博綜之才，抑或偏格之才，顯然評論這些人物時，我們都相信：這些人之所以如此，是由於他們本身具有一種特殊的稟賦。此種稟賦非後天習學而得，乃是天生的，故曰「天才」。天才使得這個人在某些方面顯得比其他人亮麗出眾，故天才又稱爲才華。才華高出世上其他人，所以才叫絕世才華。具此才華者，或表現於藝術，或表現於禪法，或顯於學術，或徵諸行儀。令人欣賞、令人咨嘆。

這個認識，是中國人社會中共同的論人評事之基底。我們用這個認識在進行著各種人物評議，就如章太炎評論弘一法師那樣。與天才相關的語詞，如才華、才氣、才子、才情、才幹、才力、才調、才性、天份、天骨、天資、靈性、英才、俊才……等，也充斥在我們的各種用語中，以此評論人與事，與西方論人論事極爲不同。

但才到底是什麼，可誰也說不清。上述諸術語，準確的涵義究竟爲何，有時也不免對之茫然。對才，我們似乎只有兩種態度，一是嗟賞贊嘆，二是用以勸戒。例如清人談到練書法時說：「少小學書苦難圓，只道工夫未竟全。到老始知非力取，三分人事七分天」，

悟到此，明白天分有其界限，可以對自己終究不成功之結果釋懷，也可勸人勿強迫自己去做缺少才分的事。論才者，大抵僅此而已，對天才之研究則甚少。

而且，恰好相反的是，我們近代在學術及教育上，卻不斷強調一種非天才論的觀點。

什麼是非天才論的觀點呢？只注重學習，以爲通過教育和學習，就能把人教成了，而不去討論「磨鐵可以成針，磨磚不能成鏡」的事實，並刻意忽略天才在學習上的地位與重要性。甚且一再強調天才不可恃，反覆宣揚勤奮與勞動的價值。不知天才是成就的必要條件，努力學習只是充分條件。大天才，甚至學不學都不太要緊。即使學，也用不著太勞苦，一上手就會，而且立刻度越俗流。我們怕太強調這些，會讓大多數缺乏天才者洩氣，所以拚命淡化天才論，高舉勤學之纛。同時，也不太進行對天才的研究。

例如李杜都是有才的，但談李白，只是泛說，稱贊他是個天才便罷。除了「李白是天才」一語之外，我們對天才到底是怎麼回事，有何研究？李白之才，究竟與王維杜甫不同者何在，吾人對之又有什麼理解？我們彷彿覺得天才無可研究，也無須說明，故傾全力去談杜甫。但杜甫也有才，他「九齡書大字，開口詠鳳凰」，才豈等閑？可是大家只從「學」的這一面去看他，研究他如何讀書破萬卷、下筆如有神，如何無一字無來歷，連篇累牘，考之不倦。從來也沒有人用同樣的氣力去研究才華的問題，更不會有人追問：後世學老杜者，對老杜之詩法詩學既已研究得如此透徹，研究得比杜甫更了解杜甫了，何以卻從來無人能把詩作得跟老杜一樣好？這難道不是學力不及，而是才分懸隔嗎？詩人神秘的天才，那創造性的心靈到

底是個什麼樣，不是更值得破譯嗎？但我們對這部分，竟是為之卻步的。

不僅如此，我們還有不少人從理論上刻意貶抑才性論之價值。一談中國哲學，便集中氣力去研究心、性、理、天等問題，而對才置若罔聞。偶或論及，則言才性論在義理上不究竟、不高明。

牟宗三說：「只在變化氣質上，始可言進德之學。但只從才性觀人，而不知進德所以可能之超越根據，則進德之學即無由立，而才性之偏亦終不可移轉……。進德之學是宋儒所講。其所以可能之超越依據，亦是由宋儒而開出，故至宋儒始真能言變化氣質、始真能建立成德之學。……才質之性皆是生命上之先天的、定然的。孔子言上智與下愚不移，以及性相近習相遠，……究是生命之實然，而非理上之必然，故一旦能開出『理性之領域』，則即可化可轉，如是成德之學始可能。若開不出理性之領域，只是順才性而言，則生命之先天的、定然的，皆實落下來而真成為定然，而不可化、不可轉」（才性與玄理，二章，六節，學生書局），可為此種觀點之代表。

然而，成德之學，如他所說，其所可化可轉者，真能轉才性之偏嗎？成就到聖人境界，依然有「聖之清者」「聖之和者」「聖之任者」之分。清與和，就是才性不同使然。換言之，聖人仍有才性的限制，使他們成為不同型態的聖人。故才性之偏，畢竟不可化。

其次，成德之學所成者只是德，不是才。講的是人均可成為堯舜、成為禹、成為聖人，可以立地成佛的那種成。它能說人皆可以為李白、可以為王弼、可以為弘一嗎？佛性人人具有，天才卻無可替代。進德之學無論如何逆覺體證、如何變化氣質，才分不行的人，終究謅不出一首好詩、說不圓通一個道理。生命之先天定然的，依

然是先天定然的。不能理解這個天人之分、性德之異，一逕認為才性論未提供一個超越依據，不能教人超越才性的命限，所以不及進德之學，誠可謂知其一而不知其二。可是，這樣的見解，充斥在當代我們的哲學研究界，竟讓我們對才性的研究越來越不重視，而且心安理得地認為它本來就不太重要。

　　當然，講哲學而偏重道德宗教境界者忽視才之問題，也是情有可原的。但談文學，對此就不能不講了。文學誠然不會與道德無關，可是文學創作更直接關涉者，卻是才，而非德。在做學問等各領域，都需要才，一如上文所說，但文人卻被認為最需要才。文人也常被稱為才子，元辛文房《唐才子傳》所記，就都是文人。我們亦並不聞在其他領域，例如在工程方面、在化學製藥方面、在作生意從商方面也用這個稱呼去稱贊在那個領域的有才華人士。文人藝術家獨占了才子這個名銜，正顯示這個身分與才華的關聯。故顏之推《家訓》告誡子弟：「若乏天才，勿強操筆」。沒才華，還能做個文人嗎？才，是文人的必要條件，也是充分條件。因為能不能成就、能有多大成就，得看你的才充不充分、夠不夠大。對於文學與文人，如此與才有關的領域，若我們也一樣對才不予正視，那怎麼可以呢？

　　不幸，過去幾十年，研究文學史、文學理論者，對此恰好是忽視的。我這篇文章，就準備補茸缺漏，先就才性論談談古人如何論才、再由文人與才子的關係說明文學與才的關係，勾勒大樣，以供未來續有所闡發。

第二章　由性論才

　　才的問題之所以難於了解，原因之一，在於它與「性」的問題常相混，難以析理。反之，自古以來，對於人性善惡的爭論，之所以紛紜難定，往往也是因其中涉及了「才」的問題。

　　才，人人不同，明顯有高下之分。如孔子說：「周公之才之美」，又說：「唯上智與下愚不移」。他是個教育家，主張因材施教的，竟都說出這種話，豈非證明了確有天才是天生良才美質，本來就夠好了，不必教，也無法教；而另一種不才之輩，則是天生之棄才，教了也沒有用，改不了的嗎？人才既有如此大的差異，要說人人天生都有一樣的人性，而且這個性都是善的，只須發揮，便能「塗之人皆可為禹」「人皆可以為堯舜」，豈不甚為困難？

　　據說孔門弟子漆雕開即因此主張人性有善有惡。漆雕，是個氏的稱呼，他家祖上應該是從事漆器加工之業，以官為氏，故稱漆雕。他說：「人性有善有惡，猶人情有高有下也。高不可下，下不可高，謂性無善惡，是謂人才無高下也。稟性受命，同一實也。命有貴賤，性有善惡。謂性無善惡，是謂人命無貴賤也」。這段文字，因漆雕開之著作久已亡佚，所以是由王充《論衡》裡轉錄的。王充引述得實不實在，很難說。不過，據王充講，周人世碩便有人性有善有惡之說；孔門弟子中，宓子賤、漆雕開、公孫尼子等人的論點大抵都跟他相同，也這麼主張。因此，可能當時確有這樣一種思路。

　　此說用才、情、命來論證人性有善有惡，看起來論據十分堅強。因為人才確實頗有不同，如李白李賀曹植王弼之才，誰能說是人人

都具有的呢？人的命也不一樣，或生長於膏粱富貴之家，或誕育於貧窶之中，誰又能說命無貴賤之分呢？問題是：才、情、性、命是一樣的東西嗎？如若不是，類比便無意義。反對者一樣可以說：人命固然有貴有賤，但貧窶之中不乏佳士，市井之內仍有善人；而豪門鉅族富貴之家，亦有惡劣不肖者，這不就證明了人性之善惡與人命之貴賤無必然關係嗎？不也可以因此而說性無善惡，視其所養嗎？才的問題，也是如此。才有高下，性無差別，也不是不能談的。故論性而牽聯於才、情、命、氣等，實是治絲而益棼，越談會越糊塗。

不過，由於才、性、命、情，都是指人所具有的質素或條件，所以要分開來談，也並不容易。早在孟子時就想做一番釐清，因此他謂：「口之於味也、目之於色也、耳之於聲也、鼻之於臭也、四肢之於安佚也，性也。有命焉，君子不謂性也。仁之於父子也、義之於君臣也、禮之於賓主也、智之於賢者也、聖人之於天道也，命也。有性焉，君子不謂命也」（〈盡心下〉）。論孟子者，都會用這一段話來說明孟子論性之獨特觀點。但是，孟子究竟把話講清楚了沒？其實沒有。不僅未能釐清，同樣治絲益棼。

怎麼說呢？

他這是區分性與命。性與命，都是老天生人時賦予人的，所以兩者有指涉重疊之處，例如耳目視聽的感官能力、對父母君王賓客的心理感情能力，這些都是天生的，而且既是性也是命，相涉相涵，性也有命焉，命也有性焉。但孟子認為這兩者雖然是如此，仍須做些區分，故他把耳目感官視為命的部分，說君子不認為那些叫做性；又把仁義禮智以及對天道的感悟感通感會能力，視為性，而說

君子不應僅謂此爲命。如此區分，看起來斬截，實則疑問仍不少。

第一、口之於味也，若只是命不是性，孟子跟告子辯論時何以一再舉口味爲說？例如一次談到仁內義外的問題時，告子主張:「食色性也。仁內也，非外也。義外也，非內也」。依孟子「口之於味也、目之於色也，君子不謂性也」之說，他應反對告子食色爲性之說。可是孟子並沒有，孟子所反對的，只是義外說。對告子「仁內」之說，他毫無反駁。固然孟子本身就主張仁義內在，所以可能因此而覺得無須再駁告子之仁內說。但告子說仁內，講的其實是指食色之性內在於人，此與孟子之見解迥異，孟子不應在此輕輕放過。

這已經是錯了。接下來，辯義內或義外時，孟子舉證道：義在每個人心中，就如每個人口味都有共同的感覺一樣：「嗜秦之炙，無以異於嗜吾炙。夫物亦有然者也，然則嗜炙亦有外歟？」這不仍是以「口之於味」來論性嗎？再下來，公都子辯這個問題，也說：「冬日則飲湯，夏日則飲水，然則飲食亦在外耶？」仍用飲食爲喻。此外，同一篇〈告子上〉，孟子論證「聖人與我同類」時，更全是用口目耳來論人性之同：

> 口之於味，有同嗜也。易牙先得我口之所嗜者也。如使口之於味也，其性與人殊，若犬馬之與我不同類也，則天下何嗜皆從易牙之於味耶？至於味，天下期於易牙，是天下之口相似也。惟耳亦然。至於聲，天下期於師曠，是天下之耳相似也。惟目亦然。至於子都，天下莫不知其姣也。不知子都之姣者，無目者也。故曰：口之於味也，有同嗜焉。耳之於聲也，有同聽焉。目之於色也，有同美焉。至於心，獨無所同

> 然乎？心之所同然者，何也？謂理也、義也，聖人先得我心
> 之所同然者耳。故理義之悅我心，猶芻豢之悅我口。

這不是完全由口目耳論性嗎？他在〈盡心下〉說口之於味也等等，
「性也，有命焉，君子不謂性也」。此處則顯然只談它們「性也」
的部分，論口耳之嗜人人均有同然；而忽略掉它同時也有「有命焉」
的部分。什麼是有命焉的部分呢？用孟子自己的舉例來說，我們就
可以追問：人與人固然口味可以有同嗜、耳目可以有同好，但易牙
之口、師曠之耳、子都之姣，恰好不是人人所同然的，彼此相去甚
遠。循此推論，豈不是說一般人與聖人也同樣會有這樣的差距嗎？
易牙之口、師曠之聰、子都之姣，就是天生的命的部分。某些人天
生漂亮，某些人天生音感特別好，這豈非也是「性與人殊」？

其次，如此說性說命，又都與「才」糾纏不清。因為師曠之聰、
子都之姣，「有命焉」。這個命，是天賦予人的，也就是才。縱或
仁義禮我們可以不把它當成才看，「智之於賢者也」，無論如何說，
都是指才。人與人相較，惻隱之仁，或許可以說人人相同；才智，
則無論如何總是不相等的。孟子要在這個地方講人所同然之性，其
實甚為困難。世碩、宓子賤、漆雕開、公孫尼子等人也就是抓住這
個「人才有高有下」的事實，才能大談「人性有善有惡」。

孟子主張性善，故其論性時即忽略掉才有高下之事實，僅就仁
義禮智信內在於人說，且以才為性，〈告子上〉載他答公都子語，
云：

> 乃若其情，則可以為善矣，乃所謂善也。若夫為不善，非才
> 之罪也。惻隱之心，人皆有之；羞惡之心，人皆有之；恭敬

之心，人皆有之；是非之心，人皆有之。惻隱之心，仁也。
羞惡之心，義也。恭敬之心，禮也。是非之心，智也。仁義
禮智，非由外鑠我也，我固有之也，弗思而矣。故曰：求則
得之，捨則失之。或相去倍蓰而無算者，不能盡其才者也。
詩曰：「天生烝民，有物有則。民之秉彝，好是懿德」。

才性是善的，不能盡其才養其性，乃成為不善。故不才，非由其天
生之不好不完美說，而是由他不能讓他的才充極盡致地發揮說。如
〈梁惠王下〉，王曰：「吾何以識其不才而捨之？」不才即不賢。
這是孟子之意。但後儒對此，往往不能掌握。

如船山云：「若夫為不善，非才之罪也。為不善非才之罪，則
為善非才之功矣」（讀四書大全說・卷十）。不知依孟子之見，才就
是性。性善，其有不善者，非性之罪，不能盡其性也。換個講法，
就成為不能盡才云云。船山以性為體，以才情為性之動，理論結構
與孟子不同，故解孟子頗失其旨。

漢代趙歧《孟子注》則說：「性與情相為表裡，性善勝情則從
之。……若為不善，非所受天才之罪，物動之故也」，也不確。這
是漢人性靜情動、氣類感應之觀念。孟子無此觀念，所以不說情受
物鼓動以致流於惡，只說求則得之、捨則失之，認為不善是因未盡
其才的緣故。

對於孟子這樣的講法，我們也不要怪漢儒與宋明儒都誤解它，
它本身把性與才、情、命混在一塊兒講，確實是易令人誤會的。才
與性混言，理論上也難以圓通。

第三章 由才論性

早期儒者著重討論的是人性論。才的問題，乃是在論性時被帶出來的，並未針對它去深入辨析，所以才會有前文所述的那些情況。混言人天生下來的狀態就叫性，所謂生之謂性（包括孟子說「天生烝民，有物有則」）。由於性是指這種「本始材樸」的天生狀態，故又說它是才、是天才。這時，才只是性的另一種描述語。

如此說性，本來並不成爲問題。無奈，天生才具人人不同，有周公之才之美者，亦有凶頑囂惡者，以致性偏於就人人之所同然處講，才偏於就人人之差別分殊處說。先秦儒家，特別是孟子所強調的是前者；漆雕開等人強調後者。漢儒則因爲把才的問題著重考慮了，所以越來越傾向於後一思路，去發展漆雕開等人的見解。

王充〈本性篇〉曾通考「自孟子以下至劉子政」諸論性語，主張：

> 九州田土之性，善惡不同，故有清濁之流、東西南北之趨。人稟天地之性，懷五常之氣；或仁或義，性術乖也。動作趨翔，或重或輕，性識詭也。面色或白或黑、身形或長或短；至老極死，不可變易，天性然也。余故以孟軻言人性善者，中人以上者也。孫卿言人性惡者，中人以下者也。揚雄言人性善惡混者，中人也。

這就是「由才說性」的講法。天生之材質各不相同，以此推論人性

也不一樣，然後把人大體上分成上中下三品，上智與下愚不移，中間才質的人則可透過教育來使其逐漸變化成善。這大抵已爲漢人一般之講法。

這個講法中，當然有許多盲點。例如天生之才質，往往是無法改變的。子都之姣，生來如此；智商高低，也有稟賦。這些，王充自己也說：「至老極死，不可變易」。那麼，想通過教化學習去讓人變化成善，豈不是十分困難嗎？所以這時就僅能縮小範圍，僅指「中人」。其次，如此論性，丟落了孟子論性時非常重要的一個區分，即人禽之辨，不知「犬馬之與我不同類者」何在。故義理上，此亦非究極之論。但因爲著重點是在人人之差別分殊處，所以便由五常三品之分去談入性之「乖」與「詭」。

如此說，牟宗三認爲它有兩個特徵：「一、足以說明人之差別性或特殊性，此與孟子所講的『道德的心性』、宋儒所謂『義理之性』之爲同而普遍的相翻。此差別性，包括橫說之多采與豎說之多級。二、此差別性皆是生命上之天定者，此足以說明人格價值之不等，亦足以說明天才之實有」（《才性與玄理》，第二章，第四節，學生書局）。

橫說，辯才性之乖異。豎說，別才性之詭正。前者爲分類，後者有價值判斷。漢末之人物品鑒、魏晉之才性名理，談的就都是這類問題。說是性、或才性，其實所論的主要是才，性是在論才時被帶出來的，這是漢魏時期與先秦十分不同之處。

這時，論才的兩種主要論法，一是上中下三品，也就是豎說；一是五常之氣的橫說。

董仲舒時就開始說性三品，謂有聖人之性、中民之性、斗筲之

性。王充也說性三品，荀悅《申鑒》則在三品之中再各分爲上中下，遂爲九品，云：「或問天命人事，曰：有三品焉，上下不移，其中則人事存焉。或曰：善惡皆性也，則法教何施？曰：性雖善，待教而成；性雖惡，待法而消。唯上智與下愚不移，其次善惡交爭，於是教扶其善，法抑其惡，得施之九品」（〈雜言下〉）。班固《漢書》中則有〈古今人表〉一篇，是具體的豎說人才：

> 孔子曰：「若聖與仁，則吾豈敢？」又曰：「何事於仁，必也聖乎！」「未知，焉得仁？」「生而知之者上也，學而知之者次也，困而學之又其次也，困而不學，民斯爲下矣」，又曰：「中人以上，可以語上也」「唯上智與下愚不移」。傳曰：「譬如堯舜禹稷卨與之爲善則行，鮌讙兜欲與爲惡則誅。可與爲善，不可與爲惡，是謂上智。桀紂，龍逢比干欲以之爲善則誅，于莘崇侯欲與之爲惡則行。可與爲惡，不可與爲善，是謂下愚。齊桓公管仲相之則霸，豎貂輔之則亂，可與爲善，可與爲惡，是謂中人」。因茲以列九等之序。

才性因氣稟而有其可善可惡的傾向，依此分爲九等。許多人都以爲魏晉以後人倫品鑒之風，是因魏採用了「九品中正法」來論人選官，故移其制以論人物及藝術。不知九品論人早在東漢班固荀悅時已然。班固用以衡鑒古今人物，陳群建議以九品論人選官，它們共同擁有一套才性論的思想底子，所以才會若合符契。

　　才性的品級越高，表示才越大、性越好。這種人，當時人認爲他就應該任越大的事、爲更多的人服務，擔任的職位也應當更高。

仲長統《昌言・損益篇》說：「一伍之長，才足以長一伍者也。一國之君，才足以君一國者也。……表德行以厲風俗，可才藝以敘官。……以筋力用者謂之人，人求丁壯。以才智用者謂之士，士貴耆老」，可見斯時議論之一斑。後來的九品官人法，或晉袁宏〈去伐論〉所云：「君者，必量才任以授官，參善惡以毀譽」之類，都屬此類。

由此，乃有考績與名實之論。考績，是在官僚體系內考其績效，看他是否符合這個職務，然後以之升降崇黜。這與分等論人，乃是同一件事，也是周朝以來官僚體制運作的常態。但後漢特別被思想家們提出來談，且與「名理」結合起來說。例如王符《潛夫論・考績篇》說：「有號者必稱於典，名理者必效於實，則官無廢職，位無非人」，劉廙《政論・正名篇》也說：「王者必正名以督其實」「稱必實其所以然，效其所以成。故實無不稱於名，名無不當於實」。當時論形名、名實者甚多，既有政治上重視名與職之間的關係，且有設官分職的考慮，也跟考核人才、分等列次的思想有關。

這些都是豎說。橫說則可以仲長統另一段話為例。《意林》引了他一則佚文說：「人之性有山峙淵渟者，患在不通。嚴剛貶絕者，患在傷士。廣大闊蕩者，患在無檢。和順恭慎者，患在少斷。端愨清潔者，患在拘狹……」。這裡，他並不評斷具體人物之才性高下，而是平列的，說人之才性有幾種傾向，而各有其優缺點。這種論人才性之法，顯然在漢末也很流行，《意林》另有一條載當時人評孔融，謂其「金性太多，木性不足，背陰向陽，雄悍孤立」，就是將此種論人法用於個別具體人物評論上去的例子。此即橫說。王充云：「人稟天地之性，懷五常之性」，故性術乖、性職詭。此亦是

以五常之性來說人才之差異以及其優劣之所在。魏劉劭《人物志》也是這樣的一部書。

　　《人物志》以「志序人物」為目的，其〈材能篇〉說：「人才不同，能各有異，量能授官，不可不審也」，似乎也提供量能授官之用。但其審人才之法，則是：「凡有血氣者，莫不含元一以為質，稟陰陽以立性，體五行而著形。苟有形質，猶可即而求之」。由五行表現在人筋骨血氣肌上的狀況，去了解人的才性。

　　木骨、金筋、火氣、土肌、水血。骨植而柔，是仁，是弘毅。氣清而朗，是禮，是文理。筋勁而精，是義，是勇敢。色平而暢，是智，是通微。體端而實，是信，是貞固：「五質恆性，故謂之五常」（〈九徵篇〉）。

　　五性若有所偏，則木德之偏木、金德之偏力、土德之偏愚、火德之偏越、水德之偏蕩。這豈不與仲長統說人性偏於某某者其患在某處相似嗎？人物才具及其優劣，到這個時候，可說正是論人性者主要的思考對象，與先秦迥然異趣了。後世論人，說某人「水性楊花」，某人「土裡土氣」，某人是個「木頭人」，某人「性烈如火」，都是衍此才氣論之緒，而成為我們社會中普遍的論人語辭。

第四章　究論才性

　　由以上的討論，我們可以說，先秦往往由性論才，重點在性不在才；漢魏南北朝卻是個論才性的時代。但對這種才性論的思路，當代儒學研究者偏偏特別不能掌握。

　　如勞思光先生說：以人為探究對象時，可有三種進路：一以自

覺能力、自由意志、價值意識爲探究課題，以心性、以「德性我」
爲討論範疇。再則以人爲自然事實，論自然之性，認知我，而近於
經驗科學觀點。三則爲以才性爲探究課題，此乃以人爲一整體而施
予判斷，故乃對「情意我」之觀賞活動，不涉及德性我及認知我之
事，而涉及藝術與情趣（《中國哲學史》）二，第二章，第二節）。

如此區分，完全錯誤了。論才性，非不論德性問題，也非不論
物性，更不僅爲審美判斷。

爲什麼它不僅是審美判斷，不僅指涉藝術和情趣呢？道理非常
簡單：漢魏人論才性，都常關聯著設官分職、任事考績而說。這些
職事，都不只做爲藝術情趣來考慮，對人物才性的詮衡，正是在任
事職官之類非常實際的考量中進行的判斷，其所謂「知人」之術，
豈僅爲一種美感的欣賞乎？

爲什麼它又必須「以人之生理心理等條件做爲探究中之課題，
由此層面以論人，將人做爲一自然事實看」（勞先生語）？道理也很
簡單！對人物才性之觀察，本來就須「瞻形得神」，用《人物志》
的語言來說，就是：「苟有形質，猶可即而求之」「若量其材質，
稽諸五物，五物之徵，亦各著於厥體矣」（〈九徵篇〉）。五物，指
骨、筋、氣、肌、血，這豈不是對人之自然生理狀態做一番探究嗎？
才性判斷，固然不僅限於這個層面，但它包括了這個層面，則是非
常顯然的。

才性論，當然也討論德性問題。《人物志·自序》引孔子爲說，
云：「仲尼不試，無所援升，猶序門人以爲四科，泛論眾材以辨三
等，又嘆中庸以殊聖人之德，尚德以勸庶幾之論，訓六蔽以戒偏材
之失，思狂狷以通拘抗之材」。整部《人物志》，宗旨亦即在此。

它以五常橫說論才性，再以三等豎說以詮人才。人才最高者，稱爲「中庸」，代表最高的德行，其他的則爲偏材。此即所謂「嘆中庸以殊聖人之德，尚德行以勸庶幾之論，訓六蔽以戒偏材之失」。整個評論其實並非客觀平列的，而是有強烈的價值取向。故它認爲：它所談的既是才性，也同時即是德性問題。

當然，其所謂德性，不符合勞先生所云「自覺能力」「自由意志」之意。並無超越的主宰義。但其論人，以「兼德而至，謂之中庸，中庸也者，聖人之目也。具體而微，謂之德行。德行也者，大雅之稱也。一至謂之偏才。偏才，小雅之質也。一徵謂之依似。依似，亂德之類也」（同上），誰能說它不是道德判斷呢？其才性論，事實上乃才德論。一個人的才如何、到什麼程度，同時也就是其德如何、德到什麼境地。因此它絕不止是對情意我之觀賞活動，不涉及德性與認知、只關乎情趣與藝術。

勞先生的問題，在於只知性德，而不知才德。只以是否討論心性超越主宰義之德性來衡斷一本著作、一路思潮。凡不合乎此義者，便說人家未涉及道德生活。此甚窄化道德問題矣。論人之道德，固然可從超越普遍的人性上說，如孟子之說性善；但同樣也應注意人具體存在的才德差異。某些人，才性褊急，不能容物，其道德表現，便不如另一些性格弘潤、休普從容者。這種道德上的不同，既關學養，亦與才情性格有關。人物品鑒、才性詮量，談的就是這一類的問題。勞先生顯然對於這個思路是不能掌握的。

勞先生另一個誤解，在於他說劉劭的五等級（聖人、大雅、小雅、亂德、無恒）劃分，只是量的差別：「蓋中庸重在『兼』與『至』，即各面同得圓滿；『德行』與『中庸』比，是『微』，即在量度上

較『小』；『偏材』只在其『一方面』得圓滿，即與『中庸』之『各方面』得圓滿，為『一』與『多』之分別；『依似』則是未完成之『偏材』；『間雜』則偶或圓滿，偶或不然，故稱為『無恒』，即根本未定之意。此種『量意義』之標準，大抵即劉劭立論時心目中所假定之理論尺度；然竟未稍加析論，其疏陋不可掩矣」。

其實劉劭不是以量來差別人才的。《人物志》將人才依陰陽分兩大類，再據五行分為五種質素，以五常、五德與之相配。凡五常仁義禮智信、五德、五質均能圓滿者，才稱為至、稱為中庸。故中庸與其他等級相比，不只是量的大小而已。

何況，就是量，也是一種人物評鑒時的標準。王陽明論聖人，不是還有「成色斤兩」說嗎？聖人與凡人相比，宛如黃金，成色千足，為人中之粹然而善者。成色足不足，不就是量的差別嗎？此與劉劭說聖人為純粹者，無恒、間雜者為「風人末流之質」，有何不同？即使同樣證到聖人地步，聖人也有大聖小聖之別，故陽明以堯舜為萬鎰。孔子雖亦為聖人，就像同屬黃金，堯舜乃是大塊金，孔子就比較小塊了。此不也是以量為說嗎？劉劭謂大雅乃「具體而微」者，跟陽明之說又有什麼差異？孟子說：「子夏、子游、子張皆有聖人之一體，冉牛、閔子騫、顏淵則具體而微」（〈公孫丑上〉），不也是以量論人嗎？以此諷嗤劉劭，未見其可也。

牟宗三先生與勞先生一樣，認為：「順《人物志》之品鑒才性，開出一美學境界，下轉而為風流清談之藝術境界的生活情調」。而不知才性評論所開不僅為一美學境界；僅有美學境界及生活情調，亦無法用以設官分職、考績升黜。

牟先生又說：「《人物志》開不出超越領域與成德之學，故順

才性觀人，其極爲論英雄，而不在論聖賢。順才性一路入，對英雄爲恰當相應者。蓋英雄並不宜根基於超越理性，而只是立根基於其生命上之先天而定然的強烈才質情性之充實發揮。故才性觀人，於英雄爲順也」（同上引，第七節）。

這也是錯的。第一、劉劭論人物，非以英雄爲極，而是以聖人爲極。牟先生卻以劉劭曾在〈英雄篇〉裡說：「聰明秀出謂之英，膽力過人謂之雄」，而說此書「正式提出英雄而品鑒之，而著於篇章，然並未以專章論聖人。此誠以聖人固非才性一路向所能盡」。這樣引文，是不道德的。劉劭不但不論英雄，且以聖人爲最高，見於〈九徵〉等篇。所謂英雄，在劉劭的用法中，也只是指兩種性質，人或偏於英、或偏於雄，猶如說人或鄰於陰或畸於陽。魏晉人用語，本來也有此習慣，故或說某人有「雄直之氣」，某人「磊落而英多」。英與雄，是兩種性質，非謂有一種人是「英雄」，且英雄人格更高於聖人。牟先生但知「英雄」一詞不見於先秦典籍，遂以爲劉劭正式提出此語及確立英雄一格。不知劉劭只是論英與雄，謂張良英分多、韓信雄，項羽英分少、劉邦多。而非說劉邦即是「英雄人格」。劉劭論人，也曾用陰陽兩性質來說人或陽多或陰多，能不能說他確立了一種「陰陽人格」來品鑒人物呢？他固然說比較好的人格型態是兩者能兼，是既英又雄的人。但此類人物事實上就是聖人。英雄豈又能高於聖人？牟先生所說，其爲不通，實甚顯然。

第二，順才性一路而論人物，最恰當相應者，恐怕也不是牟先生所以爲的英雄。英雄表現於事功中，本來也就不符牟先生說「才性品鑒所能照覽者唯在藝術境界與生活情調領域」之義。立基於生命之先天而定然的強烈才情之充實發揮者，代表性人物，依漢魏人

看，乃是文人而非英雄。

第五章　文人才子

班固《漢書・藝文志》詩賦略載：

> 傳曰：「不歌而誦謂之賦，登高能賦，可以爲大夫」。言感
> 物造端，才智深美，可與圖事，故可以爲列大夫也。古者諸
> 侯卿大夫交接鄰國，以微言相感。當揖讓之時，必稱詩以諭
> 其志，蓋以別賢不肖而觀盛衰焉。故孔子曰：「不學詩，無
> 以言」也。

此文順著傳統上「不學詩無以言」的講法，把賦詩的能力，視爲做
列大夫的條件，足以說明東漢人對文學才能的重視。發揮這個觀點
的人很多，王充即其中之一。他區分讀書人爲二類，一爲文儒、一
爲世儒，認爲文儒高於世儒。又說君王用臣，應用能文之士；能文
者，才是人傑：

> △爲鴻眇之才，故有嘉令之文。筆能著文，則心能謀論。文
> 由胸中而出，心以文爲表。觀見其文，奇偉俶儻，可謂得
> 論也。由此言之，繁文之人，人之傑也。有根株於下，有
> 榮葉於上；有實核於內，有皮殼於外。文墨辭說，士之榮
> 葉皮殼也。實誠在胸臆，文墨著竹帛，外內表裏，自相副
> 稱。意奮而筆縱，故文見而實露也。人之有文也，猶禽之

有毛也。毛有五色，皆生於體。苟有文無實，是則五色之
禽，毛妄生也。（《論衡·超奇篇》）

△夫人有文，質乃成；物有華而不實，有實而不華者。《易》
曰：「聖人之情見乎辭」。出口爲言，集札爲文。文辭施
設，實情敷烈。夫文德，世服也。空書爲文，實行爲德，
著之於衣爲服。故曰：德彌盛者文彌縟，德彌彰者人彌明。
大人德擴，其文炳；小人德熾，其文斑。官尊而文繁，德
高而文積。華而睆者，大夫之簀，曾子寢疾，命元起易。
由此言之，衣服以品賢，賢以文爲差，愚傑不別，須文以
立折。非唯於人，物亦咸然；龍麟有文，於蛇爲神；鳳羽
五色，於鳥爲君；虎猛，毛蚡蜦；龜知，背負文；四者體
不質，於物爲聖賢。且夫山無林，則爲土山；地無毛，則
爲瀉土；人無文，則爲僕人。土山無麋鹿，瀉土無五穀，
人無文德，不爲聖賢。上天多文，而后土多理；二氣協和，
聖賢稟受，法象本類，故多文彩。瑞應符命，莫非文者。
晉唐叔虞、魯成季友、惠公夫人號曰仲子，生而怪奇，文
在其手。張良當貴，出與神會，老父授書，卒封留侯。河
神故出圖；洛靈故出書。竹帛所說怪奇之物，不出潢洿。
物以文爲表，人本文爲基。棘子成欲弭文，子貢譏之。謂
文不足奇者，子成之徒也。（《論衡·書解篇》）

「人無文德，不爲聖賢」「繁文之人，人之傑」，這都不是從宋明
理學角度所能理解的觀念。在這裡，有文采者，才是人物中之英傑、
聖賢，也才足以爲大夫、足以爲君王所重用。因此，他品第人物，

除了文儒世儒之分外，又別爲五等，所謂：「才相超乘，皆隨品差」「能說一經者爲儒生，博覽古今者爲通人，采掇傳書以上書奏記者爲文人，能精思著文、連結篇章者爲鴻儒。故儒生過俗人，通人勝儒生，文人踰通人，鴻儒超文人。故夫鴻儒，所謂超而又超者也」(超奇篇)。鴻儒，是超而又超、奇而又奇的人物。但其實，鴻儒就是文人。只不過，文人是指能把讀來的書消化了寫成文章的文人，鴻儒則是指能自己創意構撰文章的文人。

由班固、王充這樣的言論，我們就可以看出來：東漢時，已以文人爲人才之極了。

文人之在這時，普遍地被人由才的角度去評論。如班固說屈原「露才揚己」。王逸替屈原辯護，不但引《詩經》中也有怨主刺上之詩爲說，且謂：「《離騷》之文，依託五經以立義焉。『帝高陽之苗裔』，則『厥初生民，時惟姜嫄』也。『紉秋蘭以爲佩』，則『將翱將翔，佩玉瓊琚』也。『夕攬洲之宿莽』，則《易》『潛龍勿用』也。『駟玉虬而乘鷖』，則『時乘六龍以御天』也。『就重華而陳詞』，則《尚書》〈咎繇〉之謀謨也。登崑崙而涉流沙，則〈禹貢〉之敷土也。故智彌盛者其言博，才益多者其識遠。屈原之詞，誠博遠矣」，盛夸其才大。王充則說：「孝武之時，詔百官對策，董仲舒策文最善。王莽時，使郎吏上奏，劉子駿章尤美。美善不空，才高如深之驗也。《易》曰：『聖人之情見於辭。』文辭美惡，足以觀才」，也是由文辭表現去論文人之才大才小。

這樣的討論方式，沿續至魏晉，故曹植〈與楊德祖書〉說：「以孔璋之才，不嫻於辭賦，而多自謂能與司馬長卿同風，譬畫虎不成反爲狗也」，又說：「昔丁敬禮嘗作小文，使僕潤飾之，僕自以才

不過若人，辭不爲也」。這一方面表示人才與辭章之表現有直接且絕對之關係；二則顯示時人咸信才有大小、有高下；三則又顯示了人才可能各有所偏，孔璋之才，不適合在辭賦上表現，正如曹丕〈典論論文〉所說：「文非一體，鮮能備善」「文以氣爲主，氣之清濁有體，不可力強而致。譬如音樂，曲度雖均，節奏同檢，至於引氣不齊，巧拙有素，雖在父兄，不能以移子弟」。才性才氣，是會決定人的文辭表現的。

　　以文人爲人才之極，文人的文辭表現又足以觀才，於是此時便出現了「才士」「才子」一類名稱。如晉陸機〈文賦〉，一開頭就說：「余每觀才士之所作，竊有以得其用心」。才士，就是文士。文士也專有了才士之名，其他人等，並不能擅此名稱（縱或劉劭《人物志》推揚古義，仍以聖人爲人物之極，但南朝文獻，從無稱聖人爲才子才士者。凡稱才人才士才子，都是指文人。劉劭的評鑒，反而是個較罕見的情況。而他本身也不用才士才子這類稱呼，只把文章之士放在「人流十二業」之中，位在清節家、法家、術家之下。與儒學、口辯、雄傑分立。對文士的品第，明顯與王充以來的風氣不同）。

　　其稱才子，則如沈約《宋書·謝靈運傳論》所云：「自漢至魏，四百餘年，辭人才子，文體三變：相如巧爲形似之言、班固長於情理之說、子建仲宣以氣質爲體」。辭人即是才子，互文見義。

第六章　古之聖人

　　爲什麼文人到了漢魏晉以後地位越來越高，爲什麼文人獨占才子之名？

我覺得這與「創作者的神聖性」有關。

《禮記・樂記》說：「作者之謂聖，述者之謂明」。這就是指創作者的神聖性。他靠著一種神秘、神聖、神奇的力量，才能撰構出一篇具有奧義、音辭又非常特別的文章，此即為一特殊能力，非常人所能及。常人至多只是可以傳述其言而已。能述之，亦不容易，也可以稱得上是明者了。像孔子，就自認為僅能勝任述者，說：「若聖與仁，則吾豈敢？」「述而不作，信而好古，竊比於我老彭」。

在這樣的作者述者區分中，作者那種神秘神聖的創作能力，被認為是天生的，屬於老天特殊的眷顧，所謂：「天縱之將聖」「天將降大任於斯人也」「生而知之者」。也就是天才。

天才由於本諸於天，故亦無待於學習，此即孔子說：「唯上智與下愚不移」之故。一般人無此天才，則須努力學習，董仲舒云：「常玉不琢，不成文章；君子不學，不成其德」，只有特殊天才，「資質潤美，不待刻琢」，就是這個道理。天才，本非常玉。

此種天才，即是聖人。聖人之所以為聖，就是因為他具備了這種能力，故能昭示真理、創制禮樂文章。

這種聖人觀，到孟子時始出現了轉折。孟子一方面沿襲舊說，講：「天將降大任於斯人」「五百年而有聖人出」；一方面又企圖鼓舞人成聖，說：「人皆可以為堯舜」。

這兩者是矛盾的。若人人均可以成為堯舜，何至於五百年始出一聖人？且聖人之出，又有待於天授？「天不生仲尼，萬古如長夜」，此等大聖，即為天生，其聖又高於伊尹、柳下惠，別人哪能企及？塗之人均可如孔子嗎？

因此，從孟子論性善，說人皆可以為堯舜這方面看，孟子是由

人性之同來論證人都是一樣的。聖人凡人，本質上並無差距，差異只在聖人能擴充其善性、能盡其才而已。人只要能盡其才，均可以成為聖人：

　　△夫道，一而已矣。成覸謂齊景公曰：「彼丈夫也，我丈夫
　　　也，吾何畏彼哉？」顏淵曰：「舜何人也，予何人也？有
　　　為者，亦若是」。（〈滕文公上〉）

　　△富歲子弟多賴、凶歲子弟多暴，非天之降才爾殊也，其所
　　　以陷溺其心者然也。今夫麰麥，播種而耰之。其地同，樹
　　　之時又同，浡然而生，至於日至之時，皆熟矣。雖有不同，
　　　則地有肥磽，雨露之養，人事之不齊也。故凡同類者，舉
　　　相似也。何獨至於人而疑之？聖人，與我同類者。（〈告
　　　子上〉）

　　△牛山之木，嘗美矣。以其郊於大國也，斧斤伐之，可以為
　　　美乎？……是以若彼濯濯也。人見其濯濯也，以為未嘗有
　　　才焉，此豈山之性也哉？雖存乎人者，豈無仁義之心哉？
　　　其所以放其良心者，亦猶斧斤之於木也，旦旦而伐之，可
　　　以為美乎？（〈告子上〉）

這些言論，都是說人之才質都是一樣的，都有善性，聖人與一般人無異。只不過一般人放失了良心，不善持養，故不能如聖人。倘能持養，人就都能成為聖人。

　　但是，「聖人與我同類」之外，孟子同時也仍在說聖人不同於一般人。〈公孫丑上〉：「豈惟民哉？麒麟之於走獸，鳳凰之於飛

鳥，泰山之於丘垤，河海之於行潦，類也。聖人之於民，亦類也。出於其類，拔乎其萃，自生民以來，未有盛於孔子也」云云，即爲顯例。

聖人跟一般人比，仍可視爲「同類」。但同類之中，卻有極大的差異，高下懸殊。聖人是出類拔萃的。出類，非出於類之外，而只是說出於其類，孫《疏》云：「以其出乎民人之類而超拔乎眾萃之中」。故非在類外，仍屬類中。然而，雖在類中，又復絕眾卉，超拔獨居該類之最高點。孟子用河海與行潦、泰山與丘垤的關係來形容，即因此一緣故。河海與行潦都是水，是同類；只是河海大，非行潦能及，正與聖人同一般人之差距相同。但是，孟子又用麒麟與走獸、鳳凰與飛鳥來譬況，就令人費解了。麒麟固爲走獸、鳳凰固爲飛鳥，但飛鳥之中，麻雀燕鴨等等其實仍與鳳凰不同類。土石之積、潦水之聚，可以漸成山岳河海，然而麻雀無論如何修持，都不可能成爲鳳凰。從物類歸屬上說，麻雀與鳳凰也不同種，亦即不同類。孔子若爲人中之麟鳳，則他在「人」這個層面，固然與一般人同類，如同麒麟仍爲走獸、鳳凰仍爲飛鳥那樣。可是他出類拔萃的那個層面，事實上便與民不同類了。

由於聖人與一般人民事實上不同類，故聖人爲制法者，一般人則爲依循者；聖人爲先知先覺，凡人爲後知後覺乃至不知不覺。〈離婁上〉曰：「詩云：『不愆不忘，率由舊章』，遵先王之法而過者，未之有也。聖人既竭目力焉，繼之以規矩準繩，以爲方圓平直，不可勝用也。既竭耳力焉，繼之以六律正五音，不可勝用也」，就是說聖人創制立法，定下規矩準繩，一般人只須遵而行之便好了。此一區分，不可淆亂，所以孟子又說：「規矩，方圓之至也；聖人，

人倫之至也。欲爲君，盡君道；欲爲臣，盡臣道。二者皆法堯舜而已矣」（同上）。聖人，乃一般人學習效法之對象與典範。

　　麟鳳不常有，聖人也一樣罕見。〈離婁下〉孟子曰：「舜生於諸馮，遷於負夏，卒於鳴條。東夷之人也。文王生於岐周，卒於畢郢。西夷之人也。地之相去也千有餘里；世之相後也，千有餘歲。得志行乎中國，若合符節，先聖後聖，其揆一也」。說的雖是聖人志之同、行之似，但先聖後聖，相隔如此久遠，豈不證明了聖人之罕覯嗎？聖人之所以神聖、所以令人崇敬，正與它的稀罕難得有關。

　　聖人是「不世出」的，非每個時代都有。其才與凡人相去遼遠，是不用再說的了。即使是賢人，其才亦非常人所能及，故〈離婁下〉云：「中也養不中、才也養不才，故人樂有賢父兄也。如中也棄不中，才也棄不才，則賢不肖之相去，其間不能以寸」。賢與不肖之差距，本來是極大的，但若才賢者不能矜養不才者，孟子就要批評他並不太賢了。《疏》說：「人受天地之中而生，稟陰陽之秀氣，莫非所謂中和也。《中庸》云喜怒哀樂未發謂之中，發而皆中節謂之和。賢以德言。云俊才者，俊，智過千人曰俊。則知才能有過於千人之才能，是爲俊才也」。論才性之中和中庸，幾乎與《人物志》同調，賢以德言，但亦即是以才言，故綜德與智而說。其謂賢才俊才高於凡人千倍，也是非常明顯的。

　　此類聖賢，有養不才之責任與義務，所以孟子又說：「天之生斯民也，使先知覺後知，使先覺覺後覺」（〈萬章下〉）。

　　聖人是先知先覺；待聖人教化、矜養的，則是一般人。那些能自己自覺而成聖者，亦是豪傑之士，是聖人：「待文王而後興者，凡民也。若豪傑之士，雖無文王猶興」，趙岐注：「凡民無自知者

也，故由文王之大乃能自興起，以趨善道。若夫豪傑之才知千萬於凡人者，雖不遭文王猶能自起以善守其身」（〈盡心上〉）。才智千萬於凡人者，豈是一般人？

由是可見在孟子學的理論架構中，固然道性善，說每個人都可以為堯舜，但才性不同的基本認知並未拋棄，聖人與一般人仍是天生不同的。一般人縱或也努力盡其才，努力求其放心、努力擴充、努力持養，他仍與生知安行之聖人不同，故〈盡心上〉說：「堯舜性之也，湯武身之也，五霸假之也，久假而不歸，惡知其非有也」。假之，是說「五霸強而行仁」（孫《疏》），不如堯舜是生知安行，行乎自然。也就是說，縱使同樣證到仁者境地，天縱之聖畢竟仍與後天勉力做到者不同。

這樣的天生才性不同論，跟他主張人人均有普遍且一樣的善性，當然是矛盾甚大。上文曾說孟子論性論才頗多糾繚不通之處，原因正在於此。許多人只知孟子道性善、說人皆可以為堯舜，看不到這些矛盾，一味稱贊孟子為人之進德建立了超越依據，批評荀子將「化性起偽」之工作歸給聖王是不究竟、不圓融。不曉得孟子一樣講聖王制作，一樣講人該學聖人。只是孟子之學較為複雜，他一方面承認聖人之才迥出凡夫，一方面又要鼓舞凡夫，教人自覺奮發，所以才將傳統的聖人觀做了個轉折，不僅從才上說聖人，而更要從仁義惻隱之心上說聖人。

若用孔子的話來說，「若聖與仁，則吾豈敢？」聖，明顯偏於才智說，仁才是指仁心。經典一般的用法也是如此，《說文》：「聖，通也，從耳，呈聲」，《詩・凱風・傳・疏》：「通智謂聖」，〈小宛〉箋疏同。《書・洪範・疏》「聖，是智之上，通之大也」，《大

戴禮・哀公問》：「所謂聖人者，智通乎大道，應變而不窮，能測萬物之情性者也」，〈四代〉：「聖，知之華也」，《山海經・海內西經注》：「聖木，食之令人智聖也」。凡此等等，聖，均偏於才智方面，謂才智遠勝於常人者爲聖。這是古義。孟子的新說，貢獻在於以仁說聖。人皆可以爲堯舜，係就人之仁心說。在才智上，則常人絕對不及聖人。因此我才會說聖人觀到孟子手上形成了一個轉折。

正因爲如此，故孟子道性善、法先王，荀子才會大不以爲然，認爲子思孟子是自己講一套而宣傳說這一套就是先王之說（「案飾其辭而祇敬之，曰此其先君子之言也」，非十二子篇）。

荀子自己則主張人才確有差別，上智與下愚不移。〈正論篇〉說：堯舜是聖人，聖人善於教化，但朱象偏偏就頑冥不化。這是堯舜教化不善之過嗎？不是！是朱象自己有毛病。「堯舜者，天下之英也。朱象者，天下之嵬、一時之瑣也。……羿逢門者，天下之善射者也，不能以撥弓曲矢中。王梁造父者，天下之善馭者也，不能以辟馬毀輿致遠。堯舜者，天下之善教化者也，不能使嵬瑣化」。這就是上智與下愚不移之說。

因人才有差異，所以荀子按著主張秉政者應詮衡人才之優劣而給予適當的工作，此即稱爲「材人」。材人也者，就是我們在前文提到過的漢魏間依人才性而論人選官之先聲。盧文弨注：「謂王者因人之才而器使之之道也」，見〈君道篇〉，其言曰：

> 材人：愿愨拘錄、計數纖嗇，而無敢遺喪，是官人使吏之才也。修飾端正，尊法敬分，而無傾側之心，守職循業，不敢

> 損益，可傳世也，而不可使侵奪，是士大夫官師之才也。知
> 隆禮義之爲尊君也，知好士之爲美名也，知愛民之爲安國
> 也，知有常法之爲一俗也，知尚賢使能之爲長功也，知務本
> 禁末之爲多財也，知無與下爭小利之爲便於事也，知明制度
> 權物稱用之爲不泥也，是卿相輔佐之才也。

今人論漢魏材人選官之風者，皆不知其說與荀子之淵源，亦不知此
乃由人才差異論中自然推展而出之觀點。

荀子另一承襲古義之處，在於聖人觀。聖人是「作者」，凡人
是述者、是受其教化者。這種關係，表現在他的性論上。〈性惡篇〉
說：「古者聖王……爲之起禮義，制法度，以矯飾人之情性而正之，
以擾化人之情性而導之。……禮義者，聖人之所生也」，就是這種
態度。

「聖人積思慮，習僞，故以生禮義而起法度。……然則禮義法
度者，是聖人之所生也」云云，常引起性善論者的攻擊。認爲此說
對一般人成聖缺乏先驗的保證，對聖人何以能化性起僞、起禮義而
制法度也欠缺解釋。這些批評，大抵也都是誤解，係不熟悉荀子理
論之脈絡使然。但這些問題討論起來甚爲複雜，此處不能細辨。若
僅從「作者之謂聖」的神聖性這一面來說，聖之所以爲聖，本來就
是因爲他擁有超越常人的智慧、神秘的感通能力，以及制分庶事的
才華（「聖者，通也，博達眾務、庶事盡通也」，左氏文公十八年傳疏。「聖
者，序物者也」，鶡冠子，能天。「以德分人謂之聖」，莊子，徐無鬼）。
他是人文世界的立法者。因此而說禮義法度乃聖人所生，又有什麼
好奇怪的？

第七章 聖人作文

　　斯即所謂「作者之謂聖」。聖人具有創作的神奇能力，故為凡人所欽仰。

　　此時，聖人所創作的，是人文世界的秩序，用荀子的話說，即禮義法度。此類「制度文為」就稱為文，是人文化成之文。《易·繫辭傳》說：

> 聖人有以見天下之賾而擬諸其形容，象其物宜，是故謂之象。聖人有以見天下之動而觀其會通，以行其典體，繫辭焉以斷其吉凶，是故謂之爻。……易：聖人之所以極深而研幾也。唯深也，故能通天下之志；唯幾也，故能成天下之務。……易，開物成務，冒天下之道。

聖人作易，以開物成務。「聖人有以見天下之賾……謂之爻」這一大段，該文並講了兩遍。也就是說，整個爻象構成的，是一套聖人開物成務的象徵體系。什麼卦與什麼制度創制配合，如庖犧有取於離卦，作網罟，以佃以漁。神農取象益卦，教人耒耨。黃帝堯舜，取象乾坤，垂衣裳而天下治等等，〈繫辭傳〉均有說明。故爻象所示，即一人文秩序，《傳》曰：「易之為書也，廣大悉備。有天道焉，有人道焉，有地道焉。兼三才而兩之，故六。六者非他，三才之道也。道有變動，故曰爻。爻有等，故曰物。物相雜，故曰文。文不當，故吉凶生焉」。易道，是聖人兼綜天道地道而創制的人文之道，兼三才而立爻，三三而六，故六爻成文。此文即為人文。人

文世界當或不當，就顯示出吉凶。

這是對聖人作易、創作人文世界法度秩序，最好的說明。聖人窮深研幾，而〈繫辭傳〉說：「知幾，其神乎！」聖人就是擁有此等神力之人，故又曰：「聖人以此洗心，退藏於密。吉凶與民同患，神以知來，智以藏往，其孰能與於此哉？古之聰明睿智神武而不殺者夫！」

聖人創作，形成人文。這種人文秩序生於聰明睿智，則它必然也甚為優美，因此，古人或以「文章」「文明」來形容。《論語·泰伯篇》：「子曰：大哉，堯之為君也⋯⋯煥乎其有文章」，何晏集解：「煥，明也，其立文垂制又著明」。章，既是文采斐然成章之意，又是彰明之意。文章這個詞，與文明一樣，都是對文的形容。但因文本身即具有章明之性質，故文章文明也由形容詞變成了名詞。

聖人之人文創制，文采煥然，留給後人無窮懷想，如孔子就說：「文王既沒，文不在茲乎？」自覺地要擔任文武之道的傳述者，把文傳下去。

這就是「聖人作文」。聖人因能作文，故有神聖性；文也因是聖人所作，故也有了神聖性。用《文心雕龍》的話來說：「道沿聖以垂文，聖因文而明道」（原道篇），文與聖，乃是一而二，二而一的。

這種神聖性，因「文」而使它僅屬於「文」。這句奇怪的話怎樣解釋呢？

聖人創制，化成人文，其事功被理解為「作文」。這個文，是人文之文。但人文表現在什麼地方呢？典章制度、文獻言論。聖人

開物成務，靠的是典章制度；聖人教化民眾，靠的是言論教導，示人以周行，所謂：「鼓天下之動者存乎辭」（易繫上）。聖人之治化，欲垂範於後世，則又須仰賴文獻之記錄，所謂：「文武之道，布在方策」，後人始有依憑，足以傳述。據此言之，文明文化也者，與禮文、文辭及文獻是分不開的。文辭越美，其文越章、越明。以致人文之文，同時也就是文辭之文。試看《文心雕龍・原道篇》：

> 人文之元，肇自太極。……自鳥跡代繩，文字始炳。……唐虞文章，則煥乎始盛。元首載歌，既發吟詠之志；益稷陳謨，亦垂敷奏之風。夏后氏興，業峻鴻績，九序惟歌，勳德彌縟。逮及商周，文勝其質，雅頌所被，英華日新。文王患憂，繇辭炳耀，符采複隱，精義堅深。重以公旦多才，振其徽烈。制詩輯頌，斧藻群言。至夫子繼聖，獨秀前哲，鎔鈞六經，必金聲而玉振；雕琢情性，組織辭令。

這裡，有幾個問題值得注意，一是文辭與人文教化被視為一體。凡言聖哲人文創制，都以其表現於文辭者為說。「文」的複義性質，使文字、文學、文化間的關係異常密切，難以析分。聖人之才，表徵於文章，「煥乎其有文章」云云既指人文制法，也指文辭。

其次，是聖人與文人才子被視為一體。此處所說之聖人，是「作者」，其所作，又以文辭為主，如〈徵聖篇〉所云：「作者曰聖，述者曰明，陶鑄性情，功在上哲，夫子文章，可得而聞，則聖人之情，見乎文辭矣。先王聲教，布在方策；夫子風采，溢於格言」。聖人即是能布聲教、作文辭之人。故聖人即是文人，聖人多才，可

以斧藻群言。聖人、才子、文人，是一體的。

後世論聖人，受宋明理學之影響，偏於從道德上說，以致於難以將聖人與文人關聯起來看。一談到聖賢，也僅偏於由其人格說，而不由其開物成務、化成人文之處見聖人的才幹。故聖人也者，僅為進德修身，窮理盡性以至於命之人格典範而已。這其實不是古人的思路。古人認為聖人之德，乃是與其才分不開的，所謂：「有周公之才之美」，周公之德，正由其才之美來。才德所發，肇罶人文。其聖，在其才，也在其文。有此文，乃可以見聖人之德。

在這種聖人文人觀、文辭文化觀底下，神聖性既在於能文之聖人，也在於所作的文上。文之外、聖人之外，誰又能具有同樣的神聖性呢？

這就可以回答前面我們提出的問題了。天生每個人都各有其才，或精雕漆、或擅屠龍、或嫻算數、或能誦記；才性之偏，或清或和，也不一樣。但我們只把文人、會寫文章的人稱為才子，其他行商坐賈、田夫野老、墨翟魯班，都不能居才子之名。因為文辭之才，與聖人化成人文之才，是一而二、二而一的事。聖人之才，表現於文，故亦只專屬於文，非其他才藝所能比擬。

第八章　以才論文

周建渝《才子佳人小說研究》第一章考「才子」一語之源流，謂最早見於《左傳》。其書文公十八年，有「昔高陽氏有才子八人」「高辛氏有才子八人」之說，此即「才子」一詞之起源。

其考證之謬，與牟宗三謂《人物志》強調英雄人格、首用英雄

一詞者同。高陽氏、高辛氏有八子有才者，帝鴻氏另有不才之子。故《左傳》以才之子與不才之子對舉而言，是以下文云：「昔帝鴻氏有不才子，好行凶德，醜類惡物」。才與不才相對而說，正如孟子云：「才也養不才」。有才之子，與不才之子相對，並不是說此時已有一個「才子」的詞彙。

　　周氏又說：在《左傳》時，才子指在社會行爲與道德品質方面堪稱典範者；到了魏晉，才轉變爲「具有文學才賦之男子」。他引潘岳〈西征賦〉「賈生洛陽之才子」、《後漢書》稱楊修爲「才子」等爲證，這也全是錯的。先秦並無才子一詞，已如上述；於社會中堪爲道德品質與社會行爲之典範者，乃是聖賢。聖賢具大才、能創作、興人文，故漢代遂以文人爲聖人。非魏晉始發生涵義之轉變。才子一詞，亦不遲至潘岳范曄方用以指文章之士。

　　周氏不知才的討論有由先秦至漢魏複雜的發展歷史，亦不知文人才子之才與聖人之才有複雜的關係，所以他以爲這是魏晉時期的新變現象，並推測此種才子含義之變化是由於當時文學已從哲學史學中獨立出來。文學因具有獨特性，故具文學才能者受到社會的尊敬，才子遂由泛指社會行爲、道德理想之楷模，變成只指傑出文人。這，當然還是錯的。若云文學剛從經史中獨立出來，則其地位至多與經史相當，文人何至於格外受到尊敬？爲何時人不稱傑出的經學家、史學家爲才子？再說，「文學獨立」是什麼意思？劉勰之〈宗經〉〈徵聖〉，難道不顯示著六朝時期文學與經義仍是極有關係的嗎？文既仍宗本於經，文人又何以能獨居才子之名？用周先生的解釋，對這些，都是解不通的。

　　但周先生有一點說對了。才子一詞，在東漢魏晉南北朝時期是

指有文學才賦之人；到了唐代，更具體指：詩人。他舉了「大歷十才子」、元稹被稱爲「元才子」等例爲證。他稱此爲「才子含意的詩才化」。這個論斷大體是對的。一般說，才子仍是泛指有才華的文人；但文人裡，詩人又比從事其他文體寫作者更具有才子的資格。一個人，若不能詩，大概也很難被稱爲才子。反之，才子可能不太寫旁的文章，只擅長作詩。

此一現象，周先生解釋道：或許與唐代科舉考試要考詩賦有關（一九九八，文史哲出版社，第一章第一節），則仍是錯誤的。唐人考試需考詩與賦，而才子含意爲何不賦才化？唐人考詩，乃是試帖詩，爲排律。被稱爲才子者，又豈有人專長於此？

要回答這些問題，仍得回到我前面的闡析中。才子之才，是由聖人創作中獲得承認的。聖人創作文章，文章具有神聖性，所謂：「文章者，不朽之盛事，經國之大業」。能爲此者，才被尊稱爲才士才子才人。而文章中，詩又被認爲最具神聖性，鍾嶸不就說過嗎？「靈祇待之以致饗、幽微藉之以昭告，動天地、感鬼神，莫近於詩」。這就是詩的神聖性，可通天地鬼神。《文心雕龍》敘論文體也以〈明詩〉居首，可見文章以詩爲貴，文才當然也就會以詩才爲主要考量。詩人比其他文人更具有才子的資格，即由於此。日人遍照金剛《文鏡秘府論·天卷·序》說：

> 夫大仙利物，名教爲基，君子濟時，文章是本也。故能空中塵中，開本有之字，龜上龍上，演自然之文。至如觀時變於三旦，察化成於九州，金玉笙簧，爛其文而撫黔首，郁乎煥乎，燦其章以馭蒼生。然則一爲名始，文則教源，以名教爲

宗，則文章爲紀綱之要也。世間出世，誰能遺此乎！故經說
阿毘跋致菩薩，必須先解文章。孔宣有言：「小子何莫學夫
《詩》。《詩》可以興、可以觀。邇之事父，遠之事君」。
「人而不爲〈周南〉〈召南〉，其猶正牆面而立也」。是知
文章之義，大哉遠哉。

從文章之神聖性講起，歸結到「不學詩無以言」，正可以顯示言詩
可以賅文之立場。他這本書亦只論詩。論詩也以才說，如〈東卷 ·
論對〉：「文詞妍麗，良由對屬之能……，庸才凡調，對而不求切」
「但解如是對者，並是大才，籠羅天地，文章卓秀，才無壅滯」，
〈南卷 · 論文意〉：「漢魏有曹植、劉楨，皆氣高出於天縱，不傍
經史，卓然爲文」「文章關於本性，識高才劣者，理周而文窒。才
多識微者，句佳而味少」，以及底下這一大段：

> 或曰：《易》曰：「觀乎天文，以察時變；觀乎人文，以化
> 成天下」。〈詩序〉曰：「情發於中，聲成文而謂之音。理
> 世之音安以樂，其政和；亂世之音怨以怒，其政乖；亡國之
> 音哀以思，其人困。正得失、動天地、感鬼神，莫近於詩。
> 先王以是經夫婦、成孝敬、厚人倫、美教化、移風俗」。然
> 則文章者，所以經理邦國，燭暢幽遐，達於鬼神之情，交於
> 上下之際。功成作樂，非文不宣；理定制禮，非文不戴。與
> 星辰而等煥，隨素籥而俱隆。雖正朔屢移，文質更變，而清
> 濁之音是一，宮商之調斯在。
> 昔之才士，爲文者多矣。或濫觴姬漢，或發源曹馬。宋齊以

降，迄於梁隋，世出鳳雛之容，代有驪龍之寶，莫不言成黼繡，家積縑緗，盈委石渠之閣，充牣蓬山之府。自屈宋以降，揚班擅場，諧合風騷之序，悽鏘雅頌之曲。長卿詞賦，色麗江波之錦；安仁文藻，彩映河陽之花。子建婉潤，張衡清綺，公幹氣質，景純宏麗。陳琳書記遒健，文舉奏議詳雅。太沖繁博，仲宣響亮。謝永嘉之璀璨，表東陽之浩蕩。平原綺思，司空歎其寥廓；吏部英才，隱侯稱其絕世。莫不競宣五色，爭動八音，或工於體物，或善於情理，詠之則風流可想，聽之則舒慘在顏。足以比景先賢，軌儀來秀矣。

都是從文章的神聖性、從人文化成講起，而逐漸以詩爲文之代表。論文，則由才性、天縱之才氣說，批評庸才凡調。它所說的才士，既是泛指文人，如〈南卷〉所云（〈天卷‧四聲論〉也說：「李充之製《翰林》，褒貶古今，斟酌病利，乃作者之師表；摯虞之《文章志》區別優劣，編輯勝辭，亦才人之范圍」），然亦特指詩人。如〈天卷‧四聲論〉底下說：「肅宗御曆，文雅大盛，學者如牛毛，成者如麟鳳。孔子曰：『才難！』不其然乎？從此之後，才子比肩。聲韻抑揚，文情婉麗」。這所謂才子，指的就只是詩人。

　　像《文鏡秘府》這樣論詩才論才子者，在唐代可謂屢見不鮮。例如它批評對仗都做不好的人是「庸才凡調」，反之，那些能作出好詩的人就應該是高才調者了。唐末，果然就有韋縠所編的一本《才調集》，凡十卷，收詩一千首，自謂「採摭奧妙」，以成此編。凡入錄者，大概就是他認爲有才調的。又，《文鏡秘府論》稱詩人蠭起爲「才子比肩」，《河嶽英靈集》卷下也以祖詠爲「才子」，說

他：「氣雖不高，調頗凌俗，……亦可稱爲才子也」。《又玄集》則說它這部詩選：「總其記得者，才子一百五十人；誦得者，名詩三百首」。此皆以詩人爲才子者也。《國秀集·序》雖對才子有較負面的看法，說：「風雅之後，數千載間，詩人才子，禮樂不壞。諷者溺於所譽，志者乖其所之，務以聲折爲宏壯，勢奔爲淸逸」。但此種批評，依然是以詩人爲才子的。

在評論個別詩人時，《河嶽英靈集》卷上說常建「高才而無貴仕」，說李頎「惜其偉才，只到黃綬」，說高適「隱跡博徒，才名自遠」，說孟浩然「馨折謙退，才名日高」。《中興間氣集》卷上說李希仲「華勝於質，此所謂才力不足，務爲淸逸」，卷下說劉長卿「九首以上，語意稍同，於落句尤甚，思銳才窘也」。這些，也都是以才性論詩之例。

綜和這些現象看，我們可以說：由先秦到魏晉，是由才性論人的時代；東漢逐漸由聖人觀生出才子觀之後，則變成了以才性論文的時代，至唐而鼎盛。

在以才性論人時，人因才性之殊，而有「人流十二業」之別，人才各有優劣，可以橫說其差異，不同行業，亦尚可各有其才；人才之最高境界，則是聖人。在以才性論文的時代，文才就是人才，人才之表現，僅在文章一道中。文才之最高境界，則爲新聖人：才子。才子或稱爲仙才、或稱詩聖，或如曹植，因獨占天下之才的十分之八，而被鍾嶸喻爲周孔：「嗟乎！陳思之於文章也，譬人倫之有周孔，鱗羽之有龍鳳」（卷上，曹植），是指文學天才特出之士。故此時豎說，最高級是才子；橫說亦無流業之別、人性金木水火土之分，只從人在文類表現或風格差異上去說。

才子之中，則又因詩特具神聖性，而以詩人最常被稱爲才子。

第九章　以才論藝

在後世，例如明清小說中，談到才子，吟詩作對當然是必要的能力。這種「刻板印象」，源於上述唐代才子含意的詩人化狀況，是非常明顯的。但那些才子，僅僅會吟詩作對，好像也還不夠，他們通常還兼擅一些詩文以外的才藝，例如琴棋書畫之類。能兼擅琴棋書畫（至少之一），彷彿才是標準的才子。

這樣的印象又由何而來呢？

我們在前面曾經談過：聖人作文，這個「文」是具複義性的，兼指文字、文學、文化。由聖人創作人文，而可徵其文辭之才，故出現了聖人創作文學的才子觀。同樣地，文字也是聖人創作的。文辭寫得華美高妙，即爲天才；文字寫得美觀，又何嘗不是天才、才子？

因此，以才性論文的時代，另一個脈絡，就是以才論（文字書寫之）藝。

這兩條脈絡，是同時發展的，以才論藝，亦起於東漢。

東漢靈帝光和年間，趙壹〈非草書〉就大肆抨擊當時人苦練書法的風氣是徒勞無功的。理由在於：此事須靠天分，非苦學即能成。這是我國書法理論第一篇文獻，卻也是篇天才論的呼聲：

> 凡人各殊血氣、異筋骨。心有疏密，手有巧拙。書之好醜，在心與手，可強爲哉？若人顏有美惡，豈可學以相若耶？昔

　　西施心疼，捧胸而顰，眾愚效之，只增其醜。趙女善舞，行
步媚蠱，學者弗獲，失節匍匐。夫杜、崔、張子，皆有超俗
絕世之才，博學餘暇，游手於斯。後世慕焉，專用爲務，……
無益於工拙，亦如效顰者之增醜、學步者之失節也。

杜度、崔瑗、張伯英等書家，乃是天才。天才游騁，餘力爲之，便
臻高妙。一般人苦學不休，卻因欠缺天分，不免於醜拙。

　　廣義地說，此亦是以才論文，只不過所論是文字而非文學罷
了。它如此說文字，與曹丕說作文時，「引氣不齊，雖在父兄，不
能以移子弟」（典論·論文）有何不同？因此可以將它們視爲同一脈
絡之分化發展。

　　文字之創造及書寫，也有神聖性。晉成公綏〈隸書勢〉云：「皇
頡作文，因物構思，觀彼鳥跡，遂成文字。……爛若天文之布曜，
蔚若錦繡之有章。……工巧難傳，善之者少。……彰周道之郁郁，
表唐虞之耀煥」，談起來，也如劉勰從天文地文人文論到文學一樣。
同樣是聖人創作，「重象表式，有楷有模」。其神妙之理，「研、
桑所不能計，宰、賜所不能言」（衛恒，四體書勢，隸勢）。

　　倉頡創作文字之後，各種書體之創造，仍待聖人。此種創造，
不只是創造一種文字學意義的「字體」，更須具有審美意義，形成
書寫的典範，亦即「書體」。晉索靖〈草書勢〉曰：

　　　科斗鳥篆，類物象形、睿哲變通，意巧滋生。……於是多才
　　之英，篤藝之彥，役心精微，耽此文憲。守道兼權，觸類生
　　變，離析八體，靡形不判。……忽斑斑而成章，信奇妙之煥

> 爛，體磊落而壯麗，姿光潤以璀璨。命杜度運其指，使伯英
> 品其腕，若絕勢於紈素，垂百世之殊觀。

多才者，創造了書寫的典範，其創造亦如聖人制作，垂範百代。在這裡，索靖稱書爲「藝」。這是借用了禮樂射御書數等六藝之舊稱，而從才論藝。一如衛夫人〈筆陣圖〉說：「三端之妙，莫先於用筆；六藝之奧，莫重乎銀鉤」。

禮樂射御書數，此時爲人所重者，僅書一項。而且此時書之含意，也已不是周朝教國子識字那個意義的書，而是高妙的藝術創作。因此，書已非國子之業，而是才士之能了。故王羲之〈書論〉說：「夫書者，玄妙之伎也，若非通人志士，學無及之」。所謂通人志士，是就其才說。無此才華，學也學不來。通，或許應如唐張懷瓘《書斷》所說：「水火之性，各有所長。火能外光，不能內照，水能內照，不能外光，若包五行之性，則可謂通矣」。也就是像《人物志》所講，五行才性都兼備圓滿者，才能稱爲通。《人物志》稱此爲聖人，王羲之、張懷瓘稱之爲通人。名稱不同，其爲大天才則一。

自梁朝以後，廣泛出現的《書品》一類著作，豎說才性，三品論書，往往將最高一品稱爲聖或「神品」，就表示了最高境界非人力所能臻企。如庾肩吾《書品》說其書所錄，凡善草隸者一二九人，「伯英以稱聖居首」。張伯英之外，鍾繇、王羲之也是上之上，「疑神化所爲，非世人之所學」。李嗣眞《書後品》說他曾編《詩品》，「猶希聞偶合神交，自然冥契者，是才難也」；論書品則張芝、王羲之、鍾繇等，「神合契匠，冥運天矩，皆可謂曠代之絕作也」「右

軍可謂書之聖也，……可謂草之聖也，……可謂飛白之仙也」。張
懷瓘《書斷》中說神品中張芝「天縱穎異，率意超曠。……百世不
易之法式，不可以智識，不可以勤求。……謂之草聖」，蔡邕「動
合神功，眞異能之士」，王羲之「冥通合聖」。凡此之類，既可見
其以才論藝之體式，亦可證明其說與聖人觀之淵源，更可說明對書
藝之神奇神聖神妙，評藝者是有體會、有敬畏的。

　　書藝既如此仰賴天才，能書者亦可比擬才子。故張懷瓘〈評書
藥石論〉說：「良工理材，斤斧無跡，才子序事，潛刃其間，書能
入流，含於和氣，宛與理會，曲若天成」。

　　不過，書藝之成，除了靠天才以外，某些人認爲學習也很重要。
如傳王羲之〈筆勢論十二章并序〉說他這篇東西，看了後，「存意
學者，兩月可見其功；無靈性者，百日亦如其本」。斯乃自矜秘訣，
謂獲訣要者，縱無天才，也可成就。李世民另有〈論書〉一文，說：
「凡諸藝業，未有學而不得者也，病在心力懈怠，不能專精耳」，
則是把書藝看成一種技藝，不認爲它有什麼神聖性，謂人只須用功
便能成就。這兩種說法，均構成對書藝天才論之挑戰。但南北朝迄
唐，此說勢力尚不足以攖天才論之鋒；且天才論又輕易消化了這類
說法。如何消化法？孫過庭〈書譜〉講得好：「嗟乎！蓋有學而不
能，未有不學而能者也」。

　　有學而不能者，表明了書藝有賴於天才，無才者再怎麼學也不
能成。未有不學而能者，則是說天才僅是必要條件，有才而不用功
卻仍不行。此即天資之上宜再加以工夫學力之說也。李嗣眞《書後
品》感嘆書藝之難，曰：「嗟乎！有天才者或未能精之，有神骨者
則其工夫全棄」，也持此一觀點。把學當成是天才的加工，天才得

靠這種加工，始能粹美。

庾肩吾《書品》所說的工夫與天然，就屬於這種思路。他說：
「張工夫第一，天然次之，衣帛先書，稱爲草聖。鍾天然第一，工
夫次之，妙盡許昌之碑、窮極鄴下之牘。王工夫不及張，天然過之；
天然不及鍾，工夫過之」。比較張芝鍾繇王羲之，三人都是天才，
但三人之天才也仍可分高下，王羲之天才不及鍾，但比鍾用功；功
力不及張，天資卻又勝張，故三人各擅勝場，並爲上之上品。庾氏
對王羲之子獻之，也有類似的評價，云：「子敬泥帚，早驗天骨，
兼以掣筆，復識人工，一字不遺，兩葉傳妙」。

有天才，再加以人工，也是張懷瓘的理想。他批評王羲之草書
不佳，云：「人之才能，各有長短，諸子於草，各有性識。……逸
少則格律非高，功夫又少，雖圓豐妍美，乃乏神氣。……是以劣於
諸子」「逸少有女郎才，無丈夫氣」（書議）。如此說天才與工夫，
其實仍是天才論，故張氏〈評書藥石論〉說：

> 假如欲學文章，必先覽經籍子史。其上才者，深酌古人之意，
> 不錄其言。……其中才者，採連文兩字，配言以成章，將爲
> 故實，有所典據。其下才者，模拓舊文，回頭易尾，或有相
> 呈新製，見模拓之文，爲之愧赧。其無才而好尚者，但寫之
> 而已。書道亦然。

天才並不是不用再學習。但天才雖學古，卻能自鑄偉辭。中才
則融經鑄史，善於採配典實以成文。下才就只會模仿因循了。沒才
華的人，那便不能稱爲「作文」，只配叫做「寫」。書法也一樣，

「作字」者，非才不可。若無才，就只是書寫，不能喚爲「作家」。我國文藝批評中，常用一個語句，評論某人「不愧作者」、某一作品「洵爲合作」、稱贊某人爲「大作手」。這些「作」，都指它的創造性。而這些創造性本源力量，則生於天生之才華、才氣、才調、性靈、天骨。張懷瓘這段論書藝的話，即於此表明了書藝與文章是同一個原理的。文字的書藝與文學，如此同樣地被人以才性論之，乃是六朝迄唐之共同傾向。書藝也是各種技藝中首先被納入這樣思路中來討論的。經此討論，藝漸漸成了道（書道），與文學一樣具有神聖性；從事者亦爲才士，才華之高者同樣可稱爲聖可稱爲神，具有神聖性。

後來各類技藝，大抵也採同一模式而獲致神聖地位。例如繪畫逐漸文學化、文人化，戲曲逐漸文藻化，都是類似的發展，才子亦逐漸漸兼涉書畫戲曲等技藝矣。

第十章　才子才女

以才論文、以文人爲才子的同時，既已發生以才論藝，而才藝之士也可稱爲才子的現象，則所謂「才子」之指涉顯然就會逐漸擴大。這是唐朝以後「才子含意詩人化」導致才子指涉縮小現象之外，另一種同時存在的狀況。

才子的指涉的擴大，其中最值得注意者，是用以指編劇人。

明朝沈寵綏《度曲須知·序》說：「才人一章脫手，樂部即登管弦，居然風雅獨絕」。這才人一詞，在此專指作戲曲的人。此種用法，宋元已然。馮沅君〈古劇說彙·才人考〉曾說：「宋元時慣

稱編劇本的人為才人。才人本與才子同義，即是指人之有文才者」。當時在各個書會中編劇本、詞話、賺詞、譚詞的，除了達官顯宦稱為名公外，通稱為才人。這些才人，可能是低級官吏、是商人、可能是醫生，可能是遺民，但因他們都有編寫之才華，故統稱為才人。據鍾嗣成《錄鬼簿》所錄，其述名公才人，略分為七類：

> 一、前輩已死名公，有樂府行於世者。二、方今名公。三、前輩已死名公才人，有編傳奇行於世者。四、方今已亡名公才人，餘相知者，為之作傳，以凌波曲弔之。五、已死才人不相知者。六、方今才人相知者，記其姓名行實並所編。七、方今才人聞名而不相知者。

實則名公少而才人多，今所存元人戲曲，大抵均為才人之作。而當時書會「養人才，編傳奇，一時氣候雲集」，書會實亦為才人聚集之地。

才子的文采，本來只以詩詞歌賦為表現重點，也就是周建渝所說的「才子含意之詩才化」。戲曲乃是新興的文體，且其體較卑，鄰於技藝，非文士所宜涉足；文士之才，也不表現於此。可是，才子既是才子，就必須預設他是才華洋溢的。才氣既大，才情既高，才多者無所不能。博涉多優，乃是理所當然的。洋溢著的才華，當然也會溢而為戲曲。出其餘力，不免涉筆。張芬《崑曲大全·序》云：「雖才人玩世，偶託興於稗詞；際風雅衰時，亦足繼於樂府」，徐鵬《錢酉山改本西廂記·序》云：「箋飛雪苑，寧無梁客之才；酒熟江樓，遂有秦川之作。……華燈綺席，狂言驚紅粉之迴；風雪

旗亭，妙句入雙鬟之口。斯蓋天花在手，著處可以成春；竿木隨身，逢場因之作戲者也」，葉鳳毛《桃花吟・序》云：「竊觀多文才藝之士，用之不盡，則溢爲小說、詞曲」，都表達了這種看法，認爲才子之才華可以溢而爲戲曲。

其次，文人才士，本其感性之生命，在現實世界上又未必順遂，侘傺無聊，不免借他人酒杯，澆自己塊壘。張毓慶題趙對《酧紅記》雜劇詞云：

> 遣愁無計，題塵壁，怕到江南魂斷。緣種三生，才矜八斗，譜出新詞一串。花飛絮亂，聽宛轉酸辛，宮移羽換。一霎香閨可憐，一霎塵沙暗。
>
> 尋常許多筆墨，將兒女閑情，低迴唱嘆。紅替鵑啼，紫留玉堂，怎及江花璀璨？殷勤細看，悟薄命飄零。文人習慣酒。借金杯，澆愁重拍按。

文人才矜八斗，卻嘆薄命飄零，故酒邊燈下，述兒女之閑情，譜詞曲以寄概。文士之涉筆於戲曲，且樂此不疲者，這正是一大因素。

文人之嘆薄命飄零，是唐末以降之風氣，所謂「文章憎命達」「文能窮人」「文窮而後工」，古無此說也。原因在於魏晉南北朝文人多屬貴遊，從建安到陳後主君臣之爲宮體詩，多是君主與其臣僚形成一個個的文學集團，文人非君王大臣即爲世族子弟，寒人甚少。隋唐亦復如是。唐太宗至玄宗，均耽藝事，文壇巨子即是朝中臣工，如沈佺期、宋之問、上官儀、上官婉兒、李白等都是。盛唐以後，貴遊文學之格局才逐漸打破，文人之才，與其仕途之通顯與

否，不但無關，甚且才華越高，越淪落不偶。著名文人，如杜甫、韓愈、李商隱、溫庭筠等，仕途多不得意。形成這種現象的原因很多，此處不能細表。但無論如何，這種現象是甚爲明顯的。

這種現象，造成了文人的向下流動。「淪落」一詞，即生動地說明了文人階層向下延申發展的狀況。文人本來是君主侍從之臣或貴遊士大夫，中唐以後卻日漸流落散居於民間。

但這種向下流動，並不造成文人階層的下降，因爲文人縱使再淪落不偶、再窮困，它是個文人的身分並不因此而消失，文人的才華仍然倍受稱羨。故文人向下流動，反而形成了文人階層擴大的效果。不僅在社會各個階層中都有文人，不只存在於上流社會；文人本身的階層也向上向下擴張領土。文人流入社會底層，社會底層的人，如娼伎、戲子、販夫、屠沽、貨郎兒，都逐漸學爲文人，吟詩作對起來了。出現向文人階層類化的現象。

整體上看，文人階層勢力是擴充了，但這並無補於文人個別的悲哀。才人對自己的才是自負的，一如孔雀自矜其毛羽一般，前文所錄張毓慶詞，不就說「才矜八斗」嗎？秉此妙才，而不能飛皇騰達，日惟奔走於衣食，溷跡於市井，其情復何以堪？葉承《桃花吟》雜劇序云：「匏繫一官，輸杜陵之老大；菌凋廿載，同王勃之伶娉。命也何如，湯湯逝水；天胡不佑，黯黯秋雲。尚忍言哉？誰能遣此？雖然，嘆孤桐之搖落，天本忌才；撫文杏之芬菲，名原自我」，述此情景，足堪隅反。

文人之淪落，乃因此而被理解爲「天妒英才」，或社會上的人士忌才。桂馥《投溷中》小引：「有才人每爲無才者忌。其忌之也，或誣之、或訾之、或擠排之、或欲陷而殺之。……此輩忌才人，若

免神讜，成何世界？投之鬼窟，烈於溷中」，錢杜〈後四聲猿題詞〉：「自古奇才遭鬼妒，何論市井斗筲兒？九幽真有泥犁獄，赴愬紛紛無盡時」，吳澧同上詩云：「長吉奇冤地府伸，詩存牛鬼與蛇神，才名自古原遭妒，欲殺青蓮更有人」，都是談此事。此即老杜詠李白所謂：「眾人皆欲殺，我意獨憐才」。李白、李賀這些文人才子遭忌的故事，因此也成為編劇人編寫劇本的好材料。《後四聲猿》講的就是這類故事。

才女的坎坷身世，則是另一個常被才人們轉述的故事。

王定柱序《後四聲猿》就曾說徐文長「以不世才，不偶，作《四聲猿》雜劇，寓哀聲也。彌正平三撾，沈痛不待言，其紅蓮、木蘭及女狀元，皆以猿名，何哉？」據他看，至少〈木蘭〉與〈女狀元〉兩齣是為女子作。這些才女賢女，不幸的生平或特殊的遇合，甚能撼動文人才子的身世之感，故寫來往往入乎其中，俯仰悲慨。惠潤《四嬋娟》題詞云：

> 閨閣女子，擅文武才，幸見庸於世，一若張大巾幗，以貶損世之為丈夫者，似非公論也。假令閨閣女子果擅文武才如二氏耶，焉知不淪落坎坷、垢面蓬首、負抑鬱困頓之累，以終其身耶？何則？造物所忌者才耳，遑問其為男子為閨閣乎？

在這種思考邏輯中，女子有才而淪落，當然就格外會引生文人的根觸。文人寫佳人才媛之事蹟，格外像兩位淪落天涯者互訴悲懷，既嘆彼人，又傾己懷。如王煌《酬紅記》題詞說：「佳人小傳才人筆，挑盡蘭燈不忍看」，汪度同上題：「豔色清才幾合併，能記姓字死

猶生，世間薄命知多少，豈獨傷心杜宇聲」，崇海秋題上詞：「才
高詠絮格簪花，演上燭影斜，想得憐香留別派，含宮嚼徵當籠紗」，
吳蓋山題：「才人千古總多情，寄我新詞自石城。二十年前題壁事，
至今才識阿鵑名」，邢小佺題：「天心何事妒斯才？弱質經從百劫
來，故使峨眉山下住，兵戈滿地任相摧」，孫若霖題：「才人坎坷，
著甚閑情破睡魔？聽說那紅顏甘折挫，比才人一例見蹉跎。簫管自
吟哦，宮商費評度，看狂阮當場坐」。

　　「才女」之出現，本來就可視爲才子指涉擴大的徵象之一。古
代才子一詞，固無性別上的專指，限定只指男性；女子也未必不顯
其才學；但古來無論是說女史彤管或婦言婦功，都未強調才。因漢
魏南北朝之貴族世胄，婦女受教育，其實與男子一樣，以經史爲主。
故班彪修《漢書》，班固班昭兄妹可以續成之。南北朝期間，經學
之傳，也多賴世家大族的婦女。詩詞之類文才，並不被世族所重視。
因此，縱不乏謝道蘊這樣的詠絮高才，卻也無才女一詞。才女一詞，
起於宋元，大盛於明清。

　　專指女子之有文采、能與才子吟詩作對者，故亦宜與才子爲
偶。《平山冷燕》十四回《看梅花默然投臭味》云：

> 女子眉目秀媚，固云美矣。若無才情發其精神，便不過是花
> 耳、柳耳、鶯耳、燕耳、珠耳、玉耳。縱爲人寵愛，不過一
> 時。……必也美而又有文人之才，則雖猶花柳，而花則名花，
> 柳則異柳，……而詩書之氣、風雅之姿，因自在也。

這類才女，「言語有味，丰采不凡。偶一關情，不勝繾綣。於春之

日、冬之夜，綠槐蟬靜，白露鳴哀，觸緒縈懷，率多惆悵。不免寫心翰墨，托意詠歌」，才子見之，「我輩鍾情，自為傾倒」（題天花才子編《快心編》上集，七回〈訴衷情蘭英傳簡，論佛法見性崇儒〉）。

明清之際，出現的大量才子佳人小說，講的大體就是此類才子才女遇合之故事。佳人，不是美人，而是才女。美人只指美貌，佳人則以才為主，故吳門拚飲潛夫《春柳鶯》序云：「情生於色，色因其才」。林辰〈從《兩交婚》看天花藏主人〉一文更歸納當時小說中對佳人的描寫說：「在作品中所刻劃的：才，是以長於詩詞為特徵；美，多是概念式的虛寫」（荑荻散人《兩交婚》，瀋陽，春風文藝出版社版附）。可見論佳人，才畢竟重於色，佳人事實上就是才女。

此類才女，並不僅存在於小說戲曲中。也就是說，她們不只是文人才子們的想像之物，而是明清社會上實際存在的詩人群。女詩人王貞儀（一七六九～一七九七）《德風亭初集》卷四〈上徐靜雍夫人書〉便說：「目前才智自負之婦人女子，不知凡幾」。彭紹升（一七四〇～一七九六）也說當時「女子知書，往往務藻繪夸飾為才」，以致他順水推舟，勉女子「以書相證克儉勤，何妨識字能詩文？國風半屬婦人作，傳經讀史彰令聞，詩文闡理鄙雕琢」（二林居集，卷廿四，四貞女傳）。同樣地，教誨女性的劉氏《女範捷錄》，也在〈才德篇〉揭示：「古者，后妃夫人以逮庶妾匹婦，莫不知詩」，以為勗勉。足證風氣廣被，才女孔多。僅袁枚「餘力還收女才子」（張雲璈題〈隨園十三女弟子湖樓請業圖〉），便收得二十多人，天下女才子女詩人之多，又何可勝數！

因此，從才子含意的詩人化角度來說，才子的指涉好像縮小了，專指士人中的詩人。可是，由文人階層不斷擴大的現象看，文

人才子的指涉又不斷地擴張。戲子、倡妓逐漸文人化，才子一詞就逐漸適用到他們頭上，或者說他們之中就逐漸會出現才子才人。

才女的情況相同。早期女子吟詠詩詞，多被疑爲不貞，淫行與才思往往混爲一談，即因唐代以來，女子吟哦多見於妓院之故。宋元以後，女子讀書漸漸趨於文學化，女人吟詠詩詞越來越普遍，女人中也就逐漸出現了女才子。石成金《家訓鈔·靳河臺庭訓》曾說：「女子通文識字，而能明大義者，固爲賢德，然不可多得。其他便喜看曲本小說，挑動邪心，甚至舞文弄法，做出無恥醜事」。這雖是反對女人爲學（尤其是學文學）的，但由其言論亦可知當時女人通文識字、讀書爲學，主要正是讀文學作品，其中還有不少人能賣弄文翰。此類人，便是所謂的才女。此類才女，高唱：「人生德與才，兼備方爲善。……不見三百篇，婦作傳匪鮮？」（夏伊蘭，吟紅閣詩鈔，卷三，偶成）「緬懷古賢媛，班左能文章，淵源溯風騷，貞淑久彌彰」（張淑蓮，孫女箪學詩書示。惲珠，閨秀正始集，卷十五），以吟詩作文爲女人本份應爲之事；旁人又推波助瀾，說：「女子之中，若通些文藝，畢竟脫俗。就是不美，自有一種文雅可觀」（陶貞懷，天雨花，第一回），才女當然也就越來越多了。

才女之多，當然表示了文人階層正在逐步擴大，也表示明清社會對於才子的崇拜之情亦在擴增。女人思得才子爲偶，男人思得才女爲侶，並都努力鍛鍊自己，使自己成爲才子。雖然才子才女在現實世界可能際遇並不順遂，社會報酬體系未必能提供這麼多才人相應之報償，仍不能阻擋這種期望成爲才子、亦渴慕才子的心情。反而是那些文人運蹇的故事、文人才命相妨的例證，激發了他們自憐自重的情緒，讓他們更緊密地結合在一起，激揚了他們的群體意

識。相濡以沫，同類相感，互弔知己，物傷其類，而更堅定地走上
文人才子之路。

· 才 ·

第二篇　釋「天才」：天才的理論及其社會

第一章　由天命論到天才論

　　「才子」一詞乃「聖人」一詞之轉化，故天才的概念，實即本之天命觀。

　　《詩經·周頌·清廟之什·維天之命》說道：「維天之命，於穆不已。於乎不顯，文王之德之純」，〈大雅·蕩之什·烝民〉又說：「天生烝民，有物有則，民之秉彝，好是懿德，……仲山甫之德，柔嘉維則」。凡此之類，就叫天命觀。

　　依周朝人之觀念，天命下降於人，人人均秉有天命。天命令人有常道，使人具有善德。這是普遍的天命，後世講性善論者，即由此發揮，講人人均具有這種天生而有的善德善性。但天命觀還有另一個內涵，那就是特殊的秉懿。天命對某一個人特別眷顧，降的命特別「丕顯」，以致那個人的德格外純粹。上述兩詩，說文王之德之純，或仲山甫之德柔嘉可式，就都是本著這個立場說的。

〈大雅・文王之什〉各詩，均都是如此，說文王如何獲得老天特殊的眷顧，其德格外純粹，且能時與上帝往來。〈文王〉云：「文王陟降，在帝左右」。陟降即來往之意。〈皇矣〉詩甚至說上帝經常會直接來跟他說話，先教他勿貪求以侵人，先平理國內訟獄之事；再教他伐密；又告訴他要「不大聲以色，不長夏以革，不識不知，順帝之則」；再命他結合兄弟之國，以伐崇墉。也就是說文王功業之成就，都是上帝直接教示他的。文王則在上帝對他的直接顯示中，秉承了天命。故所有情況，都以「帝謂文王」的方式進行。顯見文王不但所獲天命特殊，其德最純；在其一生行事中，也不斷能獲得上帝對他的眷顧與直接啓示，所以才能成就其功業，如〈文王有聲〉所云：「文王受命，有此武功」。

這就是特殊的天命了。凡聖人，都能像文王這樣，領受天命。其他人無此命遇，便無法如此。

從這特殊性說，上天爲何如此眷顧文王，而不眷顧他人，實在不易明瞭。每個人所獲得的天命爲何如此不同，是難以理解的，只能說天命難知、天威難測。

而另一個難以理解的，是天命也會轉移。此時眷顧某甲，另一時也許眷顧某乙了。人並不能保證他所獲得的天命必能長久永保，〈小雅・鹿鳴之什・天保〉所謂：「天保定爾，亦孔之固」云云，乃臣子之諛辭，實況殊爲不然。實況應是如〈蕩之什・蕩〉所說：「疾威上帝，其命多僻，天生烝民，其命匪諶。靡不有初，鮮克有終」。可怕的上帝，其命多邪僻，老百姓對它難以信賴，因爲國運初始時無不因獲命而昌隆，後來卻天命不再，終歸衰落。上帝又轉而去眷顧別人了。此即所謂「天命靡常」（大雅・文王）。

　　爲了能長久獲得上帝之眷顧，周人在無法可施中，只能盡其在我。努力砥礪德行，敬事上帝，以求天命長保；並將天命之轉移，解釋爲是因自己德衰了，故天命不再。後期更另行發展出「五德終始」等說法，來設法解說天命爲何會轉移。

　　天命說非常複雜，本文之主旨也不在於討論它。但以上所說的幾個重點，都與天才論有直接的關係。

　　其一是「天生烝民，有物有則」，天命普遍在每個人身上。天所賦予人的才也是如此。李白詩曾云：「天生我才必有用」，每個人出生，都有他得諸於天的秉賦，各有其才。這是「天才」的第一義，指才得自於天。

　　但這些才又是不均等的，特殊的人，有特殊的才華，「於乎丕顯，之德之純」，非它人所能及。此即爲個人義的天才。此類人受命於天，成功立業，令人歌詠。而這些天才，除了降生時便已特獲授命，其德最純之外，他們也能時時在行事時獲得上帝的指示，與神溝通。此爲天才之另一特徵，後世稱爲「神遇」「靈感」，乃天才特殊創造力的來源。

　　再者，天命也可能轉移，天才也常「鮮克有終」。例如王安石有一篇〈傷仲永〉說仲永本來是個天才兒童，後來因父兄不善教誨養護，逐漸使與常人無異了。古來傳說天才不終的故事，如「江郎才盡」之類，亦是如此。天命既去，天才即不再有光采。

　　可見天才論事實上乃是天命論在後世的一種表現。其所以如此，則是因爲「命」本來就是「性」，天命論所談的，後來即成爲才性論的內容。

　　命、性同義，例證很多。《禮記·檀弓》下「命也」注：「命，

猶性也」。《左氏》昭八年：「莫保其性」注：「性，命也」。《中庸》：「天命之謂性」。《後漢書·朱穆傳》注：「天之所命謂之性」。《大戴記·本命篇》：「命者，性之終也」。《論衡·命義》「命則性也」，〈骨相篇〉：「命謂初所稟得而生也」，《禮記·中庸·注》：「天命，謂天所生人者也，是謂性命」，《易·象傳·上》：「各正性命」，……等都是。總之，天命之謂性。

　　而這個性，基本上是指「生之謂性」，也就是「不可學，不可事，而在人者」（荀子·性惡篇）。從稟生、生之自然這一面來說，性是天生之質，故許多典籍及其箋注者都以「材質」來形容「性」。如《列子·黃帝》注：「稟生之質，謂之性」，《漢書·董仲舒傳》：「性者，生之質也」，《易·象傳上》疏：「性者，天生之質，若剛柔遲速之別」，〈文言〉疏：「性者，天生之質，正而不邪」，《禮記·中庸》注：「性者，生之質」，《莊子·庚桑楚》：「性者，生之質也」，《春秋繁露·實性》：「性者，天質之樸也」，〈深察名號篇〉：「如其生之自然之資，謂之性。性者，質也」……等。平常我們形容一個人的天生才分，會說該人之資質如何、才質如何，出典便在上述這類文獻中。

　　某些解釋儒學的人，反對以材質說性，認為如此便會「落入材質主義」，不能了解性的超越意涵。其實不然。天命之謂性，這個性，就是民之秉彝，即其稟生於天者。生而有之。此即其天生之材質，如此說並不就是材質主義，因為《易·象傳》疏同樣講「性者天生之質」，但此天生之質，一樣可以說它是「正而不邪」的。就像主張性善論者，照樣可以在「民之秉彝」之下講「好是懿德」。亦正因性就是天生之質之材，所以孟子才能在論性善時，說才善。

性與才本來是同一回事的。

　　天命論，由於「命」「性」「才」三者同義同指涉，故同時顯現爲天才論。

第二章　天人之分與才德之辨

　　不過，天命論主要關涉的是「德」的問題。德，本來其實是「得」的意思，指人之所得自天者。但從周初便不斷倫理化、價值化，變成是指人的道德修養，成就於己者。《詩經》講文王之德，即兼有此二義，如前文所舉「於乎不顯，文王之德之純」，指其得諸天者。〈大明〉：「維此文王，小心翼翼，昭事上帝，聿懷多福，厥德不回，以受方國」，德就指文王自身的德行。人是靠著這種德，才能保有天命。但德既可指人之修養。它與天生的才性才質便顯然有了差別。換言之，才性才質，只能指涉人得自於天的德，無法指涉人自己修養成就的德。從這個角度看，天命論與天才論之間，便有一個理論上的裂罅，才與德並不能一致。

　　這種分裂，至遲在孔子時即已形成了。在孔子的用語中，才與德業已分開。例如他說：「如有周公之才之美，使驕且吝，其餘不足觀也矣」（〈泰伯篇〉）。周公之才之美，句式恰與文王之德之純相似，但才不是德，否則才美如周公者，怎麼會驕且吝呢？

　　在孔子的語言裡，凡說德，都以人的德行修養爲主，如「德之不修，學之不講，聞義不能徙，不善不能改，是吾憂也」（〈述而〉）「志於道，據於德，依於仁，游於藝」（同上）「泰伯，其可謂至德也已矣，三以天下讓」（〈泰伯〉）「道聽而途說，德之棄也」（〈陽

貨篇〉〉等均可證。

但德成之於己，命屬諸於天。天命與德的關係卻是鬆開的。〈堯曰篇〉雖說堯舜禹湯文武相傳，要帝王「允執厥中」以確保「天之曆數在爾躬」，而實際上仍難眞有什麼保障。因爲天命難知，有德者未必有命。〈雍也篇〉載：「伯牛有疾，子問之。自牖執其手，曰：『亡之！命矣夫！斯人也，而有斯疾也！斯人也，而有斯疾也！』」〈憲問篇〉載：「子曰：道之將行也歟？命也。道之將廢也歟？命也！」都將命與人力修爲分開。一個有德者，也可能天命不佑，如伯牛一般。一個時代，若天命欲興，人力雖予阻撓，也沒有用；若天命欲亡，人力雖努力振作，同樣不會有效果。跟個人的遭遇一樣。此乃天人之分際，君子但當畏天敬天，而努力盡其在我者即可。

這時，天命論已與周初所說不同。周初強調天降德而人以德受命，如〈大明〉所謂：「乃及王季，維德之行，大任有身，生此文王」。孔子則說盡人事、知天命。德屬人事，非天所降，亦不能以德受命。

如此言天命，命的部分，自然會強調才。〈公冶長篇〉：「子貢曰：夫子之文章，可得而聞也。夫子之言性與天道，不可得而聞也」，《疏》云：

> 性者，人之所受以生者也，〈中庸〉云：「天命之謂性」注云：「天命，謂天所命生人者也。是謂性命。木神則仁、金神則義、火神則禮、水神則信、土神則知」。《孝經說》曰：「性者，天之質。命者，人所禀受度也」。言人咸自然而生，

> 有賢愚吉凶，或仁或義，若天之付命遣使之然。其實自然天
> 性，故云性者人之所受以生也。

天命，是就其爲天所降付這一面說。才，是就人所獲受於天的資質說。孔子既明天人之分，以成德之教教人，當然以人爲主，而罕言天。偶或論及，亦以才性爲說。所謂才性，就是這裡所講的「賢愚吉凶」，天生的才具資稟。

《疏》所引《中庸注》乃漢人之說，金性則義、木性則仁云云，或許要令人疑其爲漢人之觀念，孔子未必有之。但事實上孔子即已說過：「剛毅木訥近於仁」。以五行論才性，或許孔子並無如此完整之體系，可是已啓其端。甚且才性分類，孔子時亦即已有之。〈先進篇〉說：「柴也愚，參也魯，師也辟，由也喭。子曰：回也其庶乎，屢空。賜不受命而貨殖焉，億則屢中」，講的就是門人才性之偏的問題。子高愚直、曾參魯鈍、子張邪辟、子路畔岸；顏回聰明，但對錢財沒概念也沒興趣，故窮得很；子貢卻精於貨殖。此皆人天生才性之不同。孔子的教育，所謂「因才施教」，指的就是要針對此等才性之殊而給予不同的教育方式及內容。

但因材施教，所面對的材，不僅有分類的差異，也有高下層級的不同。柴也愚、參也魯，可是若跟其他人比起來，也許柴與參就不大愚魯了。因爲魯愚也有許多層次，就像聰明有許多等級那樣。子貢比一般人聰明，可是又比不上顏回。諸如此類，孔子多有論述，如「生而知之者，上也。學而知之者，次也。困而學之，又其次也。困而不學，民斯爲下矣」（〈季氏篇〉）「唯上智與下愚不移」（〈陽貨篇〉）。知有上下之分，愚也是。故柴愚參魯，均非下愚不移。

下愚，是「朽木不可彫也，糞土之牆不可圬也」（〈公冶長篇〉），連孔子也沒辦法教誨的。反之，智者，如子貢顏回，〈公冶長篇〉載：「子謂子貢曰：『汝與回也孰愈？』對曰：『賜也，何敢望回？回也聞一以知十，賜也聞一以知二。子曰：『弗如也。吾與汝弗如也！』」子貢聞一知二、顏回聞一知十，才性相去便頗遼遠。但顏回雖如此聰明，恐怕還算不上是上智。上智者生而知之，不待聞、不待教，所以說是「不移」。

上智乃天才，天才只能贊嘆，故「舜有臣五人而天下治，武王曰：余有亂臣十人。孔子曰：才難，不其然乎！」（〈泰伯篇〉）這些人，未必即為上智，但五人十人便足以安天下，才性不足以歆羨嗎？只是天才難得，對一般人施教，便僅能因其才性，使盡其才，如顏淵所說：「夫子循循然善誘人，博我以文，約我以禮，欲罷不能，既竭吾才，如有所立」（〈子罕〉）。此為孔子才性論之大旨。由命說性，據性論才。才命、才性是一體的，但才與德、命與德均已分。

在孔子，此種天人之分、才德命德之分，並未構成悲劇性的對立衝突，是因孔子之學有強烈「知命」的要求，教人「畏天命」「不知命，無以為君子」「五十而知天命」。天人雖分，而實是以人合天。其論才德，也是如此。才雖指天生之才質才性，德雖指後天的修養學習，但盡其才便是所成就的德。工夫所到，即是才分所具，才德終又合而為一。同時，知天之所為、知人之所守，亦即為人德行修養之主要本領，天人才德終究仍是合一的。

可是，才與德畢竟指涉不同。稟之於天之才，與成之於己的德之間，不但存在著實質的理論難題，也令後世出現了無數的才德之

辨。

才德之辨，包括幾個部分：一是區分才與德，辨明某些人文表現屬才之性質、某些則爲德之範疇。例如善言辭、多技藝、能文章、廣知識、乃至擅長庶務行政，算是德還是才？許多人認爲這些均屬於才，只有道德修養、躬行篤實的倫理生活才可視爲德。

如此區分之後，第二個討論的重點，就在於分判高下先後。到底是德先才後，還是才先德後？到底應以德爲本，抑或德末才本？我們該重視有德之士，還是只須有才，德行上有點兒虧欠也無妨？

第三，成德之教，究竟是「盡其才」，還是要矯正其才性之偏？程伊川說：「性無不善，其所以不善者才也。受於天之謂性，稟於氣之謂才。才之善不善由氣之有偏正也。……然而才之不善，亦可以變之，在養其氣，以復其善爾」（《河南程氏遺書，卷七》），即爲矯才成德之說。若如此說，則不免要批評孔子孟子都講錯或講得不周全了。何況，才既稟之於天，眞能矯改嗎？許多人也還頗爲懷疑哩。這就是第四，才與學的問題。

成德之學，學之宗旨在於矯枉。可是才性受之於天，到底靠學能不能「變化氣質」，是有爭議的。其次，某些屬於才的範疇，例如文采藝能，能否透過成德之學來令其精擅呢？某些人認爲「有德者必有言」，唯有德行之學有成，文藝方能眞正成就。所謂「有第一等襟抱，第一等學識，斯有第一等眞詩」（《沈德潛，説詩晬語，卷上》）。某些人則認爲：「巧言令色鮮矣仁」，正證明了言之巧，本於天才，非關學養襟抱；大德剛毅木訥，本來也多不擅於辭章。故才藝與道德無關。

由這裡，會再分化出一個才與知識之學的問題。依儒家傳統，

學，乃成德之教。但後世論學，多在知識上說，多識載籍、博有知聞，便可稱爲學者。故德與學之爭，也綿亙二千年。在才與學之間，亦與才德關係一樣，或辨何種人文表現屬才，何種屬學（注解經典與創作詩文，顯然可分屬兩種人文活動）；或論才學先後；或論學以盡才抑或學以矯益才性；或談才藝可學不可學、須學不須學。

第三章　命義分化後的才命論

才德之辨，起於「德」義的改變。原本兼指稟得於天、成就於己的德字，因孔子以後漸以指成就於己者而言，以致才德攸分，辯議蜂起。同樣地，才命本亦爲一義，後世也逐漸析分了。

命，前文已說過，本來指性命，乃人所稟受於天者，所以它有資質才性之意。但人的壽夭富貴窮達吉凶，同樣也是命，故子夏云「死生有命，富貴在天」（顏淵篇）。另外〈堯曰篇〉：「不知命」集解：「命謂窮達之分也」皇侃疏：「命謂窮通夭壽也」，也都指這個意思。就像孔子感嘆伯牛「斯人也而有斯疾也」是命那樣。這種命，跟才性資質可能有關，例如人天生體質羸弱，自然就容易生病容易夭亡；人天生才智聰穎，當然也比較能飛皇騰達。但此均無必然性。人之窮通富貴，往往另有機緣遭遇，未必與其才質必然相關。而且，「斯人而有斯疾」之例，亦表明了有才質甚美而天不假年，如孔子所謂苗而不秀、秀而不實者。才與命好像並不能等同起來。

因此，才與命雖均稟受於天，但才偏於指人之資質能力，命偏於指人之遭際，如吉凶窮達壽夭之類。我們通常不會把某人很有才

華說是他命好，也不會稱頌某人富貴壽考是才高。這就是「才」「命」二字意義上的分化。

字義的分化，也顯示了才命有不對稱之狀態。有有才者、有有命者，才與命往往不能相稱，孔子本人就是一個具體的例子。

〈八佾篇〉載：「儀封人請見。……出曰：『二三子何患於喪乎？天下之無道也久矣，天將以夫子爲木鐸』」，孔注：「言天將命孔子制作法度以號命於天下」。在孔子時，他的弟子及某些人，確實眞切地認爲以孔子之才必能膺此天命。可惜沒有。孔子才應王而終於未王，以致後人撰構了一個「素王」的名義來安頓他。

在孔子本人，「不怨天、不尤人，下學而上達，知我者，其天乎」（〈憲問篇〉），固然化解了才與命悲劇性的衝突，可是才與命的不對稱，仍不能不是一理論問題，也不能不在後世出現無數才命論。

才命論，是討論有才智才能者爲何無富貴壽考之命的。這在列子，稱爲力命。力指才力，命謂命運，兩者不同指涉，也不相稱，故《列子‧力命篇》申論其衝突。《列子》，世或疑其爲僞書，但力命之衝突，並非後世才有的觀念，孔子時有之，莊子時亦有之。《莊子‧大宗師》載：

> 子輿與子桑友，而霖雨十日。子輿曰：「子桑殆病矣」，裹飯而往食之。至子桑之門，則若歌若哭，鼓琴曰：「父邪？母邪？天乎？人乎？」有不任其聲，而趨舉其詩焉。子輿入曰：「子之歌詩，何故若是？」曰：「吾思夫使我至此極者，而弗得也。父母豈欲吾貧哉！天無私覆、地無私載，天地豈

　　私貧我哉！求其爲之者，而不得也。然而至此極者，命也
　　夫！」

子桑餓病垂死，其歌感慨蒼涼，不正是才命不相稱之咨嘆嗎？列子
若據此而發爲〈力命篇〉的討論，又有何可怪？

　　漢人本此，再進一步將命分化爲三義，稱爲三命說。如《孝經
援神契》曰：「命有三科，有受命以任慶、有遭命以讁暴、有隨命
以督行。受命，謂年壽也；遭命，謂行善而遇凶也；隨命，謂隨其
善惡而報之」。《白虎通義·壽命篇》曰：「命者，何謂也？人之
壽也，天命已使生者也。命有三科以記驗：有壽命以保度、有遭命
以遇暴、有隨命以應行。壽命者，上命也。若言文王受命唯中身，
享國五十年。隨命者，隨行爲命，若言怠棄三正，天用剿絕其命矣。
又欲使民，務仁立義，無淊天，淊天則司命舉過，用言以弊之。遭
命者，逢世殘賊，若上達亂君，下必災變暴至，夭積人命。沙鹿崩
於受邑是也。冉伯牛危行正言，而遭惡疾，孔子曰：命矣夫，斯人
也，而有斯疾也，斯人也，而有斯疾也」。趙岐《孟子·盡心篇》
「莫非命也」注：「命有三名。行善得善曰受命，行善得惡曰遭命，
行惡得惡曰隨命」。《論衡·命義篇》：「傳曰：說命有三：一曰
正命，二曰隨命，三曰遭命。正命，謂本稟之自得吉也，性然而善，
故不假操行以求福，而吉自至，故曰正命。隨命者，戮力操行，而
吉福至，縱情施欲而凶禍到，故曰隨命。遭命者，行善得惡，非所
冀望」。《禮記·祭法》鄭氏注同。陳立《白虎通疏證》引何休《膏
肓》且謂：「此三命說，諸傳之說皆同。惟趙岐所言隨命微異，當
以緯說爲正」。

　　大抵他們都把命區分開來講，正命壽命受命，是說天生之命本來就不錯的。才力相稱、福德一致。隨命，是指由人自己行爲善惡而召致的，好人有好命，壞人得壞命。只有遭命是好人沒好報的。也就是說，才德與命的關係，不能一概而論，有才德與命遇不符的，也有相符的。凡不符者，漢人以遭命說之。

　　「命」義先與「才」分開來，再分爲正命、隨命、遭命，即代表著理論上的進展。但其中，正命是「維天之命，於乎不顯，文王之德之純」的，隨命是「積善之家，必有餘慶」「禍福無門，唯人自召」的，唯有遭命不然，乃是才高無命、德善無福的。故僅有這一項才最引起討論，後世才命論，大多集矢於此。

　　如李蕭遠〈運命論〉說：「以仲尼之才也，而器不周於魯衛；以仲尼之辯也，而言不行於定哀。以仲尼之謙也，而見忌於子西；以仲尼之仁也，而取讎於桓魋；以仲尼之智也，而屈厄於陳蔡南，……故曰：治亂，運也；窮達，命也」。劉孝標〈辯命論〉說：「主上嘗與諸名賢言及管輅，歎其有奇才而位不達。……余謂士之窮通，無非命也。……管輅天才英偉，……然而高才而無貴仕，饕餮而居大位，自古所嘆，焉獨分明而已哉？」講的都是這類問題。李商隱詩所云：「古來才命兩相妨」（有感）者，正承此感喟而來。

　　後世凡自認有才者，一旦窮達吉凶有不順遂之處，便不免要一發才命相妨之感慨。評論人物，覺其有才而落拓不偶，也往往用才命論來惋惜一番。唐宋以後，文人「文窮而後工」之說，更是才命論的另一變貌，謂彼有文采而窮於仕顯。但正因其窮，文才反而更能表現，故似乎天才天生就是無法通顯的。英才天妒，一如紅顏彷彿就該薄命。才命之不相稱，反而好像是一項定律了。

第四章　才命相妨與福德不一

才命不相稱，與福德不一致，本來不是同一個問題，因為德指個人自己善惡之行，才指人秉之於天的能力。但因它們都面對命，都指個人與命運的關係，所以理論結構卻是相同的。

關於命，以及命所涉及的福德不一致之問題，牟宗三《圓善論》（一九八五，學生書局）有詳細之分析，是當代哲學界對此問題最集中最深入的探討。底下我便藉著他的分析來補充說明。

牟先生首先說命是個虛的概念：

> 「命」是個體生命與氣化方面相順或不相順的一個「內在的限制」之虛概念。這不是一個經驗概念，亦不是知識中的概念，而是實踐上的一個虛概念。……它雖是實踐上的一個概念，然而卻又不是一個實踐原則，因為它不是屬于「理」的，即不屬于道德法則中的事，不屬于以理言的仁義禮智之心性的。……因為凡屬這一切者都很確定，這是理性所能掌握的，不得名曰「命」。它既不屬于理性，它應當屬于「氣化」方面的。但又不是氣化本身所呈現的變化事實。客觀的變化事實是可以經驗的，也可以用規律（不管是經驗的規律抑或是先驗的規律）來規制之的。……因此，命這個觀念很渺茫，它究竟意指什麼呢？它落在什麼分際上呢？它落在「個體生命與無窮複雜的氣化之相順或不相順」之分際上。這相順或不相順之分際是一個「虛意」，不是一個時間空間中的客觀事實而可以用命題來陳述，因此它不是一個知識。就在這「虛

意」上我們名之曰「命」。「生」是個體之存在于世界，這不是命；但如何樣的個體存在就有如何樣的一些遭際（後果），如幸福不幸福，這便是命。……爲何有這樣的遭際是無理由可說的，這是一個虛意，即此便被名曰命。因此便說爲在天。……因此，命是修行上氣化方面的一個「內處的限制」之虛意式的概念，它好像是一個幽靈，你捉不住它，但卻是消極的實有，不可不予以正視（第二章，第二節）。

牟先生論性命，不採「生之謂性」的講法，所以硬將「生」與「命」分開說。不知生命生命，有生才有命，所以「生命」二字聯結成爲一個詞。生是指個體之存在於這個世界。生下來的個體，即有妍媸、強弱、智愚之別，故云「死生有命」。生若不是命，死也就不是，因爲無生固無所謂死也。由這個觀點看，命不能說不是個經驗概念，也不能不是時間空間中的客觀事實。牟先生的解釋，並不諦當。

　　事實上，牟先生對命的掌握也是游移的。命及其內在限制義，有時他也並不僅視爲消極的實有或虛的概念，而說它是道德實踐中嚴肅的觀念，可以見實踐的工夫。這就說得較準確了。他說：

　　命是道德實踐中一個嚴肅的觀念。只于有道德實踐、于道德生活有存在的體驗的人始能凸顯出這個觀念，其凸顯之也即如凸顯罪惡之意識與無明之意識一樣。西方道德哲學家不曾有這個觀念，因爲他們只是哲學地分析道德之基本概念，而不曾注意個人存在的實踐之工夫。……西方道德哲學家無命之觀念，以不講實踐之工夫故也。基督教只神話式地講原

罪，而無真切的罪惡意識，亦以其有宗無教（只有一個空頭的
上帝），主體之門不開，無慎獨之實踐工夫故也。一切都交
給上帝來決定，這真成了命定主義，亦無實踐上命之觀念乃
至正命之觀念也。……罪惡與無明可以化除（斷盡），而命
限則只可以轉化其意義而不能消除之。命限通于一切聖人，
即于佛亦適用。佛家有無明之觀念，而無命限之觀念。實則
只是不意識及而已，理上並不能否認之也。事實上，若一個
體生命即九法界而成佛，十界互融而為佛，凡所成者皆是圓
佛，凡圓佛皆是一，此一是質的一（法身之一）。若就其色
身之色的成分（根身器界）而言，則必有種種差異。此種種
差異即是其命限，因此，必有種種形態之圓佛。……若在儒
家，聖人是一，這也是質的一（亦如金子，一錢是金子，一兩也
是金子，純金是一，這是質的一），然而卻有孔子與堯舜之別。
以前人說堯舜萬斤，孔子九千斤。同是聖人，何以有斤兩之
差？正因個體生命之氣稟不同故也（第二章，第三節）。

命因只能轉化，不能消除，故為一實際之存在。生時就在，不只是
後來「個體生命與無窮複雜氣化之相順或不相順」時才在。那種相
順或不相順，在傳統語彙中通常稱為「運」而不單獨稱為命。運，
指氣運、遭際，亦即漢人所說的遭命。言命，固然可以包運，即包
括遭命時運這一部分，但說運並不等於命。命不只氣運之順不順，
個體生命氣稟之不同，也是命。這個命，就是人的才性之異，如牟
先生此處所說的諸佛根身器界之殊及堯舜孔子之別。而由於天生的
才性差異與氣化時順或不順的不同，都是人力所無法改變的命限，

因此也才是道德論「圓滿的善」實踐上所無法迴避的。

　　牟先生接著援引康德的論述，討論道德實踐中涉及的福德問題：

> 圓滿的善之爲實踐理性底對象，與純德之善之爲實踐理性底對象並不相同。後者是屬于「我欲仁斯仁至矣」者，是「求之在我者也」，是我所能掌握的。前者因爲它包含有幸福在內，而幸福之得不得不可必，是故它亦非我所能掌握者。因此，圓善中德福兩成分在現實人生中常是不能一致的，不但不能一致，且常相違反。……「純德之行對于個體存在有一種影響」這是必然的，但是「這影響是幸福」卻不是必然的。而實是偶然的。……德與福底綜和結合，是一偶然的特稱命題。……它既是一特稱命題，則它的反對面不結合而與禍（苦）結合也是可能的，這可能仍然是一偶然的特稱命題。兩者既都是特稱命題（即 I 與 O），即它們兩者可以同眞而不能同假（第四章，第二節）。
>
> 但因純德之行可使吾之存在更有價值，故吾人對此作爲特稱肯定命題（I）的德福偶然結合，可期其爲一必然的結合，即期望德與福之結合爲一全稱肯定命題（A），此則爲實踐理性所許可。即是說，圓善實可爲實踐理性之對象與終極目的。……但是，若異質的德與福這兩者間的綜和而必然的連繫所成的圓滿的善完全不可能，則最後「命令著我們去促進圓滿的善」的道德法則必落空，意即無實效而只成幻想，只是虛假的東西。……因此，必須說明以下三義：第一、道德

　　法則之實行必須涉及幸福，雖一時不必得，甚至今生亦不必
　　得，但在理性上必須涉及，否則無法尊生保命，亦無法增長
　　個體生命之圓滿發展與價值。……行善終必有福，雖一時不
　　必能得福。因此，我們必須首先說明「道德法則之實行必須
　　涉及幸福」這必然性。……第三，A命題所表示的德福間的
　　必然連繫，即圓滿的善，必須是實踐理性底對象（終極目的）。
　　而其促進亦必須是我們的意志之一先驗地必然的對象（目
　　標），而且是不可分離地附隨于道德法則者。因此，圓滿的
　　善之促進必須可能。否則那命令著去促進之的道德法則必虛
　　假而無實（第四章，第二～三節）。

　　他講得太複雜。簡單地說，即福與德不必然結合，有德者未必有福，
此乃命也。但人不能說因有德者未必有福，故我乾脆去作惡。一方
面，為惡也同樣不必然有福。二方面，為善縱使不保證有福，善本
身卻是有價值的。故值得我人去從事。三則從理論上，我們依然要
相信「天道無親，常與善人」，行善才有道德上的保證。若天道報
施，出現福德不能一致之現象，也必須以「不是不報，時候未到」
等說法來補充。

　　此非鄉愿，此即所謂知天命。牟先生解釋此種「知」云：

　　第一，德福間的自然而必然的連繫雖可能，然不因此即可
　　說：我們能知道或覺知（理解）這種連繫。依康德，有直覺
　　的地方，始可說知。但圓善不是可直覺的，故于此不可說知
　　道或覺知。即使方便地說知之，亦是實踐地知之，而不是知

解地（思辨地）知之，故此知無實義。實踐地知之只是依實踐原則而思議其爲可能，亦實是依實踐原則而來的誠信，一如上帝存在與靈魂不滅之爲誠信。第二，德福間之自然而必然的連繫（即制約者與被制約者間之連繫）完全是隸屬于事物之超感性的關係，且不能依照感取世界之法則而被給與，雖然實現圓善之行動屬感取界。此即是說，德福一致不是可直覺的，不是感取界中的關係，而是超感性的關係。因此，其真實的可能性必須轉至超越域而求超越者來保證。因此，第三，我們想努力就那直接存在于我們的力量之中者與那不存在于我們的力量之中者這兩方面，而去建立其可能性之根據。所謂「直接存在于我們的力量之中者」當即指：在尊敬法則以努力使我們的心意符合道德法則中肯定靈魂不滅而言（第四章，第三節）。

圓善所以可能，依康德之思路，必須肯定上帝之存在。上帝是圓善可能底根據，因爲圓善中福一面有關于「存在」——我的存在以及一切自然底存在，而上帝是此存在之創造者。上帝創造了自然——使自然存在，故能使自然與德相諧和，而保障了人在現實上所不能得的德福一致。……但是說福涉及存在，這是對的。存在是既成的，不是我所能掌握的，人不能創造存在，這也是對的。必須肯定一「無限存有」來負責存在，這也未嘗不對；但是這無限存有若人格化而爲一無限性的個體存有，這卻有問題。……欲說圓善所以可能，只須說一無限的智心即可（第六章，第一節）。

無限存有、根源的存有、最高的存有，一切存有之存有、絕對必然的存有，就是天。天是形成命限者，也是令福德一致具有超越保證者。

才命相稱、福德一致，是人的最高理想，可是這個理想只能在信天知天畏天之中獲得保證。遇到才命相妨、福德不相稱的情況時，也只能同子桑一樣，僅能呼天，說：「天無私覆，地無私載，天地豈私貧我哉！求其爲之者而不得也。然而至此極者，命也夫」之類話。

第五章　欣賞天才與才天對立

命，以及命所涉及的才命福德不一致狀況，由理論上說，大抵推到知命，便已窮盡其義了，聖哲道德修養之實踐工夫，也落實在此處：「樂天知命復何憂」。

但此乃哲思與體證不斷昇進之工夫境界，孔子尚且要到五十歲才能知天命，一般人豈能輕易便知？何況才命相妨、福德不一，是現實世界頗爲常見之事例，對此而發咨嘆感慨，亦是人之常情。這種抒情的咨嗟慨嘆，尤其具有文學感性，易動人情緒，故又最常被文學家書寫。

因此，在文學領域中，跟哲學思辨或道德實踐領域不同的是：哲學思辨、道德實踐是想解釋福德爲何不一，然後教人如何盡其在我，仍然去修德，並試圖消緩福德不一對人的心理傷害，弭平其不一，追求最終天人再度合一、福德仍可一致之境界。文學領域反是。它偏重要強調天人之分、才命之衝突，論述詠嘆其不一，而後不理

會命，只去揮灑盡才。前者顯其德行之力，後者見才情之美。

　　茲先釋才情，再論才命相妨的文學論述。

　　先秦兩漢多說才性，才即是性。但性義分化，一指超越的善性，一指生來的資質或材料，形成「以才說性」與「以性說才」二路。以才說性，由人天生之才質講，至魏晉又出現了分化，鍾會《才性四本論》便是一例。據《世說新語·文學第四》說鍾會作有《四本論》。但據《魏志》說，乃是《才性同異傳》。《魏志》曰：「會論才性同異，傳於世。四本者：言才性同、才性異、才性合、才性離他。尚書傅嘏論同、中書今李豐論異、侍郎鍾會論合、屯騎校尉王廣論離」。亦即時人論才性有四說，鍾會是主張合的。

　　才本來就是性，但因意義分化了，所以才有人主張合、有人主張離。楊勇《世說新語校箋》云：「大抵論同、異者，在釋『才』『性』二名辭而已。主同者，以本質爲性，本質之表現於外爲才。主異者，以操行爲性，以才能爲才。離、合二家，似又以性爲操行，才爲才能，然後比較二者之關係也」。甚是。今各家之說俱不可見。依《世說》考之，殷浩、謝萬等人皆善論此，惜亦不可考。唯《藝文類聚》二一引袁準〈才性論〉：「凡萬物生於天地之間，有美有惡。物何故美？清氣之所生也。物何故惡？濁氣之所施也。夫金石絲竹，中天地之氣，䍐骰玄黃，應五方之色。有五，君子以此（上下疑有缺文）。得曲直者，木之性也。曲者中鉤，直者中繩，輪桷之材也。賢不肖者，人之性也。賢者爲師，不肖者爲資，師資之材也。然則性言其質，才名其用明矣」。把性與才分成體用關係來講，可見其一斑。

　　才與性、情與性鬆開來，未必即指一事，當然會使得漢魏文獻

中單獨說才說情者日益增多。才與情結合成詞，也在此時。如《世說‧賞譽第八》：「許玄度送母，始出都，人問劉尹：『玄度定稱所聞不？劉曰：『才情過於所聞。』」「許掾嘗詣簡文，爾夜風恬月朗，乃共作曲室中語。襟懷之詠，偏是許之所長，辭寄清婉，有逾平日。簡文雖契素，此遇尤相咨嗟；不覺造膝，共叉手語，達于將旦。既而曰：『玄度才情，故未易多有許！』」又，〈文學第四〉：「裴郎作《語林》，始出，大為遠近所傳；時流年少，無不傳寫，各有一通。載王東亭作〈經黃公酒壚下賦〉，甚有才情」。

前兩則都論許玄度，但一說他才情不足，一說他才情難得。關鍵所在，應該在於許擅長「襟情之詠」。故詠歌之時，特顯才情；其他時候，便不見得有什麼精采。配合著另一則說王東亭〈經黃公酒壚下賦〉很有才情的話來看，才情應是指人在抒情方面具有很高的才能。這大抵表現在抒情的詩文吟誦等處。猶如人的思辨力不錯，就不會被稱為才情高，而只會被贊美是才思敏捷之類。〈文學篇〉云：「桓南郡與殷荊州共談，每相攻難。年餘後，但一兩番。桓自歎才思轉退」，講的就是思辨力。

同理，才能表現於文采中，便稱為才華、才藻。《世說‧文學篇》載支道林與王羲之「論莊子〈逍遙遊〉；支作數千言，才藻新奇，花爛映發。王遂披襟解帶，流連不能已」。又，「支道林初從東出，住東安寺中。王長史宿構精理，并撰其才藻，往與支語」。又載支道林與謝安等坐論，「支道林先通，作七百許語；敘致精麗，才藻奇拔，眾咸稱善。於是四座各言懷畢」。才藻，都指人在文采辭藻上顯露出才華。

而凡是人在言談行為上表現出了才藻才思才情，這個人也就會

被認為是個才具不錯的人。才具，指人具有才能，〈言語篇〉：「謝萬作豫州都督，新拜，當西之都邑，相送累日，謝疲頓。於是高侍中往，徑就謝坐，因問：『卿今仗節方州，當疆理西蕃，何以為政？』謝粗道其意。高便為謝道形勢，作數百語。謝遂起坐。高去後，謝追曰：『阿𨋨故𡤵有才具。』」又〈賢媛篇〉載許允之妻告其子云：「汝等雖佳，才具不多」。才具，都是說人所具有的才力。

這種才力，也稱為才氣，〈文學篇〉云：「張憑舉孝廉出都，負其才氣，謂必參時彥」，〈晉諸公贊〉云：「裴瓚字國寶，楷之子，才氣爽雋」等均是此種用法。「才」以「氣」來綴合成詞，是因天生之才性乃氣化流行而然，亦因稟氣不同而有陰陽剛柔之異，故才性又名才氣。

以上才情、才思、才藻、才具、才氣，以及未提到的才力、才華、才學、才智、才悟等，散見於漢魏南北朝諸文獻中。才可以與許多字聯綴成一個詞彙，表達才的各個涵義和人的才能的各種表現。天才一詞，更成為普遍的人物評論語，如〈文學篇〉說：「殷仲文天才宏贍」之類（天才又稱天分，見〈賢媛篇〉）。對人之才，也常分類品評，如〈賞譽篇〉說：「太傅府有三才：劉慶孫長才、潘陽仲大才、裴景聲清才」「洛中錚錚馮惠卿，名蓀，是播子。蓀與邢喬俱司徒李胤外孫，及胤子愻並知名。時稱：『馮才清、李才明、純粹邢』」。

可見漢魏以後，論人往往以才為單獨考量、單獨品評的範疇，覈賞其才情才性之美。

但有才者未必同時兼有德行。如《續晉陽秋》曰：「孫綽雖有文才，而誕縱多穢行，時人鄙之」。《世說・文學篇》云：「初，

注《莊子》者數十家，莫能究其旨要。向秀於舊注外爲解義，妙析
奇致，大暢玄風；唯〈秋水〉〈至樂〉二篇未竟而秀卒。秀子幼，
義遂零落，然猶有別本。郭象者，爲人薄行，有儁才；見秀義不傳
於世，遂竊以爲己注。乃自注〈秋水〉〈至樂〉二篇，又易〈馬蹄〉
一篇，其餘眾篇，或定點文句而已」。才德之辨，久成一爭論之話
題。

而爭論中最典型的事例，倒還不是孫綽或郭象，而是曹操。

曹操在建安十五年春，十九年十二月、廿二年八月，分別頒布
了三通求賢令，全文如下：

一、求賢令

令：自古受命及中興之君，曷嘗不得賢人君子，與之共治天
下者乎？及其得賢也，曾不出閭巷，豈幸相遇哉！上之人求
之耳！今天下尚未定，此特求賢之急時也。孟公綽爲趙魏老
則優，不可以爲藤薛大夫。若必廉士而後可用，則齊桓其何
以霸世？今天下得無有被褐懷玉而釣于渭濱者乎？又得無
有盜嫂受金而未遇無知者乎？二三子其佐我明揚仄陋，唯才
是舉，吾得而用之。（《魏志·武帝紀》）

二、有司取士毋廢偏短令

令曰：夫有行之士，未必能進取。進取之士，未必能有行也。
陳平豈篤行？蘇秦豈守信耶？而陳平定漢業、蘇秦濟弱燕。
由此言之，士有偏短，庸可廢乎？有司明思此義，則士無遺
滯、官無廢業矣。（《魏志·武帝紀》）

三、舉賢勿拘品行令

> 昔伊摯、傅說，出于賤人。管仲，桓公賊也。皆用之以興。
> 蕭何曹參，縣吏也。韓信陳平，負汙辱之名、有見笑之恥，
> 卒能成就王業，聲著千載。吳起貪將，殺妻自信，散金求官，
> 母死不歸。然在魏，秦人不敢東向，在楚則三晉不敢南謀。
> 今天下得無有至德之人放在民間，及果勇不顧、臨敵力戰？
> 若文俗之吏、高才異質，或堪爲將守，負汙辱之名、見笑之
> 行，或不仁不孝，而有治國用兵之術，其各舉所知，勿有所
> 遺。（《魏志·武帝紀》注引《魏書》）

這三通令，曾被顧炎武痛批，認爲是對漢代提倡名節風義的一大打
擊；不問德行，只求才能之法也不可取。不過，曹操此舉，非僅求
才而不重德。指摘他的人多半誤會其意。他是站在有司取士的立
場，敕令選士者博收廣取，什麼樣的人才都要吸收。有德者固然要，
有文才、武略者也要。而且不能要求人才什麼都得具備。畢竟又有
才又有德，兼擅齊備者甚少，只消有一方面的長處就須察舉。此意
猶如後來曹丕論文，所謂：「文非一體，鮮能備善，是以各以所長，
相輕所短。……蓋奏議宜雅、書論宜理、銘銶尚實、詩賦欲麗。四
科不同，故能者偏也。唯通才能備其體」（《典論·論文》）。他們
父子論人才，標準是一樣的。

但由於這個觀點與漢代察舉之風氣不同，故令人有不同的感
受。因爲他將德行與才能平列，不是重德輕才或德本才末，德行只

是人才中的「一科」而已。如此論才，便顯得特別強調才了。

重才，且能單獨覈量人的才性才情才思才藻，必然越來越令人嘆美天才。但也因對才越來越嗟賞重視，天才中的天與才乃竟因此而亦逐漸出現分化。

怎麼說呢？天才本是天生秉賦特優之人，其才稟諸於天，故曰：天才。但因社會上越來越嗟美才的表現，而感嘆「才秀人微」「才命相妨」，遂從才命不一致之處，慨傷命運作弄人，而漸漸形成「天妒英才」的觀念。天與才彷彿站到對立面去了。

有才者往往遭命不佳，在漢魏南北朝，仍是以感嘆語表達的，嘆有才者何以偏偏沒有好命。但到唐朝，有才無命卻漸漸成了正命題，有才者似乎就該受命運折磨。白居易詩：「詩稱國手徒爲爾，命壓人頭不奈何。……亦知合被才名折，二十三年折太多」（〈醉贈劉二十八使君〉），人因有才名，故合該折福，合該被命壓磨。杜甫詩：「文章憎命達」（〈夢李白〉），李義山詩：「古來才命兩相妨」亦均是此意。後來蘇東坡講：「鸚鵡之肉不可食，人生不才果爲福」（〈石蒼舒醉墨堂〉），倒過來說有才者無福，更可顯示這個命題已廣爲文人所心許。

後世文人便多此類套語，如蔡世遠《二希堂文集》卷七有〈有高才能文章三不幸論〉，蔣士銓說：「亂世多才定不祥」（集，卷三，讀南史），納蘭性德說：「古來才命眞相負」（〈通志堂集〉卷二，〈金縷曲，姜西溟言別賦此贈之〉）「須知道福因才折」（同上，慰西溟），顧翰說：「論文人生來慧業，才原妨命」（「〈金縷曲，秋夜讀飲冰詞感賦〉」）……等，可謂不勝枚舉。故歐陽修〈梅聖俞詩集序〉討論這個問題，從「余聞世謂詩人少達而多窮，夫豈然哉？」開端，讓

人以爲他是準備推翻成說的。可是，論到最後，竟然是：「蓋愈窮愈工」。好像命好、福澤厚，就注定不會是個好詩人。

「文窮而後工，工詩者、才者則必窮，爲何窮？天忌之」，乃因此而漸漸成了一種近乎定型的觀念。小說天花主人編《雲仙笑》第一回說：

> 「盡說多才儂第一。第一多才，卻是終身疾。作賦吟詩俱不必，何如守拙存誠實。恰怪今人無見識，文理粗通，自道生花筆。那見功名唾手拾，矜驕便沒三分值」（右調〈蝶戀花〉）。天下最易動人欽服的是那才子二字，殊不知最易惹人妒忌的也是那才子二字。

沈起鳳《才人福》則說「才人福分從來少」，所以特撰此劇，專表「只願天下才人多將福分攤」之意。翻案爲文，反而令人對才人之不幸更致同情。劇中有韓愈〈送窮文〉所描述的窮鬼說道：

> 好笑當日韓昌黎，補了國子先生，做下一篇〈送窮文〉，把我們一送直送到太學裡來。見那些書獃子，賣弄才華，誇揚學問，看得狀元宰相必在荷包裡一般。豈知造物忌才，生下我們一班尊神。〔丑〕弄得他七顛八倒，沒箇出頭日子，好不快活、好不燥皮！

此亦天妒才人之說也。天既生才，爲何又偏要來折磨它？這是上天忌才說自身矛盾之處。但這不是理論問題，乃是文人從感性經驗上

對才命不相稱現象的反應。其反應亦非理性的，而是抒情的。天人分裂，人即在此同時感受著有才者的驕榮和薄命者的坎坷。

第六章　學義分化與才學之爭

文人坎坷的生涯，不僅不能扼殺其才華，反而被認爲足以激發其才，提升其才，故曰「文窮而後工」。遭命不佳，竟成了文人有所成就的必要條件。

這種講法，表面上是人天對抗，但天對人的忌妒與折磨，反倒助成了人的成長，卻是對天命更深一層的肯定。人有才，是天所賜予，這是第一層。有此才，天又從而淬礪之，以窮否令其成長，則是第二層，上天以曲折的方式眷顧天才。孟子說：「天將降大任於斯人也，必先苦其心志、勞其筋骨、餓其體膚、空乏其身、行拂亂其所爲」（告子篇），就是這個意思。因此，這仍是天人相合的，只不過是曲折地合。才天對立，才與天亦因此而非眞對立。

另一種類似的關係，是才與學的關係。

才屬天，學則或屬天或屬人。屬天，是說人的學習能力原本就稟諸天賦。孔子說上智與下愚不移，講的就是人的學習能力。上智者根本不必學習，自然就懂了，就可以有學問。《世說新語·言語篇》：「孫齊由、齊莊二人小時詣庾公，……公問：『欲何齊？』曰：『齊莊周』，公曰：『何不慕仲尼而慕莊周？』對曰：『聖人生知，故難企慕』」。生知天才，本身就與學合一，不必另外再學，所以是最高典型。聖人以下，天才不及者，固然須要力學，但力學所能成就的境界，依然須由其才來定。子貢說顏淵聞一知十，自己

只能聞一知二，指的就是天資對學的限制。荀子勸學，云「駑馬十駕，功在不捨」，所指亦此。

因此，學本來亦是才分上事。然而「駑馬十駕，功在不捨」，卻表明了人認爲透過學習，足以扭轉天資上的缺乏。天資差的人，只要能努力，一樣可以趕得上天才。這就是以學爲人巧，藉學以平衡天分之差距的觀點。

荀子〈勸學〉即爲此觀點之代表。他說：「木直中繩，輮以爲輪，其曲中規。……木受繩則直，金就礪則利，君子博學而日三省乎己」。學，對他而言，就是矯揉才性之舉。

此說當然跟他的人性論有關。〈性惡篇〉說：「拘木必將待檃栝烝矯然後直，鈍金必將待礱礪然後利，今之人性惡，必將待師法然後正、得禮義然後治」，語氣、措辭都與〈勸學篇〉相同。顯然他將人才分爲兩類，一爲生知天才，無待學習的聖人。這類人可以起禮義、制法度，並矯飾尋常人之情性。另一類就是一般人。一般人才性均不夠好，譬如拘木鈍金，須待矯揉磨礪。

這種講法當然也與他的天人論有關。他論天人，重分而不重合。「不爲而成，不求而得，夫是之謂天職」，這個部分，人不用管；只須「清其天君，正其天官，備其天養，順其天政，養其天情，以全其天功」便可。在自己可以努力的部分，「若夫志意修、德行厚、知慮明、生於今而志乎古，則是其在我者也。故君子敬其在己者，而不慕其在天者」。此即天人之分，故〈天論篇〉曰：「明於天人之分，則可謂至人矣」。

天人分，於是才分屬天，力學屬人。漢人言學，幾乎部順著這個觀點講。如董仲舒說只有特殊天才「資質潤美，不待刻琢」，其

他一般人卻都只是「常玉」,「常玉不琢,不成文章,君子不學,不成其德」,即是如此。

這也可以說是「學」義的分化。由本屬才性者,分化爲兩義,一仍與才性結合,例如平時我們稱贊某人才學甚佳,才學一詞就表明了才與學合,如《中興書》云:「顧愷之博學有才氣」,學與才非對立之二物。但另一義的學,便僅指人工,指後天的努力與矯揉修飾,而非天生自然的先天才分。荀子、董仲舒等人的用法,均是如此。才與學,在此乃是對立之二物矣。

但天下事合久必分,分久必合,才與學縱使在漢代已漸對立,然希望二者復合者也漸漸出現了。《世說新語·文學篇》:「殷仲文天才宏贍,而讀書不甚廣。謝靈運嘆曰:若使殷仲文讀書半袁豹,才不減班固」,即爲一例。

在這裡,「才」字出現兩次。一指天才,與學無關。但其才質雖美,謝靈運卻婉惜它不夠好,希望能透過多讀書來使其才更美。故他說「才不減班固」時的才,便已不再是天生自然質樸的才性,而是與學綜合而成的。此才與彼才,非同一層次的事,它所達成的綜合,也非一加一的型式,而是正反相合,超越昇進的辯證綜合。

後世辨才學,大體結構不外於此。以《文心雕龍》考之。〈才略篇〉略述九代人才,說:「自卿、淵以前,多役才而不課。雄、向以後,頗引書以助文。此取與之大際,其分不可亂者也」。卿,指司馬相如。淵,指王褒。雄,是揚雄。向,爲劉向。據劉勰看,西漢以前,文士多使才而不務學,文學創作,只是天才的表現。東漢以後,則文學除了使才之外,還須與學問配合。

劉勰自己是東漢以後人,他所描述的文學發展軌跡,其實也就

代表他自己的主張，他就是主張才與學應予配合的。〈體性篇〉說：

> 辭理庸儁，莫能翻其才。風趣剛柔，寧或改其氣？事義淺深，
> 未聞乖其學，體式雅鄭，鮮有反其習。……若夫八體屢遷，
> 功以學成。才力居中，肇自血氣。……才由天資，學慎始習，
> 斲梓染絲，功在初化。器成采定，難可翻移，故童子雕琢，
> 必先雅製。……故宜摹體以定習、因性以練才，文之司南，
> 用此道也。

才與學，在此是並列對揚的。辭采高不高明、風格是剛是柔，決定
於才氣。文章的體式及事義，則本之於學力。學，他用染絲、雕琢、
斲梓等來形容，強調學習、摹仿、功力，認爲天生的才性固然可決
定人的文辭表現，但「習亦凝眞，功沿漸靡」，學習對人的影響也
很大，且是漸漬漸化的。

　　劉勰論文，之所以重視「宗經」「徵聖」，就是因爲強調「童
子雕琢，必先雅製」之故。

　　這種才學論，頗有普遍性。凡重視學的文學理論，往往都會標
舉一些學習的對象，確立典範，並提供學習的程序。所謂「摹體以
定習」，也是常見的學習方法。擬古、摹仿，在許多時代，都是作
家學習過程中必經的階段；某些時代（例如明朝中葉），則成爲一些
流派的主張。故重學的理論，輒有古典主義氣味。

　　劉勰本身的理論，乃是重學而不廢才的。承認才性在文學創作
上具決定性之影響，故也從才的角度去衡論歷代文風及個別作家之
表現，如〈才略篇〉之所爲。但才不可貌襲，本之於天，人並使不

上力。所以評文雖稱才氣，示人以軌轍便只能就學而說。凡論宗經、徵聖、正緯、辨騷、文體、通變、定勢、鎔裁、聲律、章句、麗辭、夸飾、事類、練字、附會、指瑕等，都是學的範疇。後世談文術、論修辭者，亦皆屬於這一路數，如唐人詩格詩例、宋人論詩法等皆是。

這就使得論文越來越偏於學。古文運動之講原道徵聖，以興復古道爲說，以學聖人爲祈嚮，比劉勰更不講才性的部分，詩人則標舉詩聖以爲典範，摹體定習，欲復雅道，亦有古典主義氣息。恰好理學家在這個時候也只談學聖人而不談才性，強調學以變化氣質，以致兩漢魏晉的才性之說漸漸隱晦不彰。

嚴羽的理論，正是爲了對治此一格局，重新強調才。說：「詩有別才，非關學也。詩有別趣，非關理也」（《滄浪詩話》）。認爲詩之所以爲詩，是靠才而非學，因此宋人「以議論爲詩、以文字爲詩、以才學爲詩」者都非詩之正途。

雕琢文字、騁馳議論，當然都靠學力，「以才學爲詩」，指的也只是學而不是才。因此嚴羽此說明顯重才輕學。後世講性靈、神韻者均推重嚴羽的論點，並非無故。

明朝前後七子以復古爲號召，公安派以性靈反之。錢牧齋黃宗羲則痛斥嚴羽，提倡宋詩，以多讀書爲學詩之津梁。康熙間，王漁洋與朱竹垞，又一以神韻爲宗，一以博學立幟。乾隆中，則有袁枚主性靈而翁方綱說肌理。整個明清詩學，便處在才學之辨中。

可是，嚴羽在「詩有別才，非關學也」底下，其實還有一轉語，曰：「非多讀書多窮理，則不能極其至」。此即辯證綜合之說也。

這個講法勝於劉勰之處，在於劉勰只是把才與學平列對揚，才

也重要，學也重要，而下手處僅在於學。這其實並不能眞正解決才與學的天人之分。「才由天資，學始憤習」，此天人之分也，但第一，卿、淵以前，既然可以役才而不課學，後人爲文，爲何就不能純任才性？學的必要性何在？其次，學，既是對才性的雕琢與矯揉，怎知它不會桎梏性靈，對才是益而不是損？三、才與學若可合，是什麼樣約合？僅平列並重，尙非辯證綜合之格局。唯有以才爲正，以學爲反，再尋求正反辯證的超越之路，才能眞正處理才學之辨。

第七章　抒情傳統下的天才論

　　但「詩有別才」到底是什麼意思呢？爲什麼詩人之才不能學也不必學，與學無關？又爲什麼一定要讀書窮理方能極其至？讓我繞遠一點說。

　　據蔡英俊的研究，「技術」一詞在古希臘以降的文化傳統中蘊涵下述的三種意義：一，技術與自然是對立的關係。技術是透過人的行動介入自然而創造事物，其中有程序或步驟，因此是人爲造作的。二，技術預設了一種先驗的技能操作活動，此一活動直接導向並作用於人創造事物的制作。因此，技術往往用以指稱制作出來的事物（即成品）、制作此一活動中的特殊技巧，以及帶動此一活動並獲致機巧的能力。在這種狀況下，技術或技能的活動便強調了那「做、作」的性質，而技術一詞也就因此彰明了制作者本身可能的創造力。三，技術一詞有時也引入了倫理的因素，進而賦予了不同向度的意義，即技術的制作活動所可能帶給人類的效益的評價。

·才·

　　至於「詩人」一字，在希臘文中則是 poietes，意指具有專業技
藝的「製造者」（maker）。因此，「詩歌」就是一種「製造品」
（a think made），是與其它所有人爲的製造品一樣，在在展示一種
有關器物「製作」（produciton）的知識與能力，因而是屬於「技
藝」（techne）的範疇。

　　詩歌既是屬於技藝的成品，就有一定可以分析拆解的元素或成
份，以及因之而來的制作的法則或規格，因而在客觀上是一種可以
教授與學習的知識。

　　本此，亞理斯多德認爲，所謂「技藝」是呈現人類活動的一種
主要型態：「製作是有意的並且是建立在知識上的」，而其目的則
在於產製有別於自然物件的人爲作品，因此留下了可見的成品。譬
如一幅畫、一座雕像，甚或是營造一張桌子、一棟房屋。因此，「技
藝」在某方面說來是與「自然」處於對立的位置，具有了「人爲造
作」的特質。詩人則是事件或情節的編織者，不但製造了一個可能
爲眞的世界，而且也是一位「巧匠」（craftsman），他擁有一種理
性可以完全駕馭的技術，並且也可以據以教人。若把詩人視爲藝術
家，藝術家的才能也是基於知識和一種對於製作法則的熟悉。而這
種知識，因爲它是製作的基礎，亞理斯多德也把它稱爲「藝術」（詳
蔡英俊，《中國古典詩論中語言與意義的論題》第一章第二節及第三章第四節。
學生書局，二〇〇一年）。

　　依這樣的認定來說，詩就不是「詩有別才，非關學也」的。恰
好相反，詩乃技術。具有理性知識、法則與技術，便可以將它製造
出來。詩人也者，則是精嫻此種知識技術之人。

　　羅馬時期，賀拉斯繼續發揮這個傳統，著有《詩藝》，強調理

性、節制、下苦工、不放縱，而且要有正確的思想，詩作才能給人樂趣和益處。他雖然說：「有人問：寫一首好詩，是靠天才呢，還是靠藝術？我的看法是：苦學而沒有豐富的天才、有天才而沒有訓練，都歸無用。兩者應該相互爲用，相互結合」。但實質上他是強調學力而反對以天才爲詩作之主要動力。

因此他說：「由于德謨克利特相信天才比可憐的藝術要強得多，把頭腦健全的詩人排除在赫利孔（詩神所居之山）以外，因此就有好大一部分詩人竟然連指甲也不願意剪了、鬍鬚也不願意剃了，流連于人跡不到之處，迴避著公共浴場。假如他不肯把他那三副安提庫位（治精神病之藥物）藥劑都治不好的腦袋交給理髮匠里奇努斯，那他永遠是不會矇上詩人的尊榮和頭銜的！咳，我的運氣眞不好，春天來了，我的肝氣消了，否則我就可以寫一首誰都不能比擬的好詩（來諷刺這些所謂的天才詩人）。但是，這又何必呢？」

其說對所謂天才詩人及天才說，可云輕薎至極，後世古典主義文論家往往奉其說以爲遠祖，實非無故。

但是，在希臘羅馬這種重學輕才的傳統中，其實仍不乏以才論詩的。例如賀拉斯所指的德謨克利特（Democritus），便是其中之一。此公乃公元前五世紀希臘哲學家，主張只須天才即能成爲詩人，無庸苦學。據賀拉斯的描述，其說顯然也頗有嗣音。到了十六世紀，英國詩人錫德尼（Sir Philip Sidney， 1554~1586）在〈爲詩辯護〉一文中說道：「希臘人稱詩人爲 Poieten，而這名字，因爲是最優美的，已經流行於別的語言中了。這是從 Poiein 這字來的，它的意思是『製造（to make）』」。然而，實際討論到「製造」一詞的內容與作用時，錫德尼卻把立論的重心轉而引申爲「創新（to invent）」，強調詩人在作品中所顯現的「創意」（invention）：

> 沒有一種傳授給人類的技藝不是以大自然的作品為其主要
> 對象。沒有大自然，它們就不存在，……只有詩人，不屑為
> 這種順服大自然的行動所束縛，而為自己的創新氣魄所鼓
> 舞，並且就在其造出比自然所產生的更好的事物中，或者完
> 全嶄新的、自然中所從來沒有的形象中，如那些英雄、半神、
> 獨眼巨人、怪獸、復仇女神等等，實際上產製了另一種自然。
> 因而他與自然攜手併進，不局限於它的賜予所許可的狹窄範
> 圍，而自由地在自己才智的運行範圍內游行。

在「創新」的脈絡中，詩人由完美的專業技藝的製造者，一躍而成為與造物神同位的創造者。在詩作中，詩人「以神的氣息，產生了遠遠超過自然所作出的東西」。而整個創作活動，則被視為他以本身之才智自由進行。

此說不但強調了詩「創作」的「創意」成分，重規詩人異乎常人的創造力，也暗示詩所構成的「第三自然」中含蘊著作者本人主觀情感意念、或經驗內涵。後來浪漫主義文學的許多元素，均肇於此。

也就是說，西方也仍有以才為主的文論，並不都以詩為技藝。

但總體說來，畢竟天才論並不受重視。到十六世紀中葉，「天才」一詞才較廣泛被使用，可是當時主要用來指稱偉大的人（例如「新一代的創造者」），而非指罕見的能力。直到十七世紀下半葉，獨特性才被視為天才一重要特徵。天才這個概念，指涉創造性及特

殊能力，也要至此時才較爲確定。十九世紀中葉，天才又沾上了不少神秘感。故論者仍不普遍。要到十九世紀末，詩人特殊的創造能力及其創造性質才引起了心理學家的注意。

英國學者高爾頓《遺傳的天才》（一八七〇年出版）之後，以弗洛伊德對天才的研究最爲重要。弗洛伊德的研究中，除了爲眾人所熟知的性壓抑、潛意識等之外，對詩人創造力之研究亦爲一重點。他在〈創作家與白日夢〉一文中說道：「我們這些外行人一直懷著強烈的好奇心，想知道那種怪人（即創作家）的素材是從那裡來的，他又是怎樣利用這些材料來使我們產生了如此深刻的印象，而且激發起我們的情感」。因此他展開了研究。研究的結果，是說作家乃是因願望未獲滿足而不斷幻想，做著白日夢的人。他們不斷以自我爲中心，創造出許多故事。這些故事包含新近誘發性事件及往事之回憶，以分裂變形的方式呈現出來。

對於弗洛伊德的研究，其徒弟榮格評論道：「富於創造性的人是一個謎，我們儘管力圖予以解答，到頭來卻總是徒勞無益。儘管如此，這一事實卻不能阻止現代心理學一次又一次地回到藝術家及其創造的問題。弗洛伊德認爲，在他由藝術家的個人經歷推論藝術作品的過程中，他已找到一把開啓奧秘的鑰匙」「首先它引起了相當多人的注意。其次，這是唯一爲人所共知的嘗試，這種嘗試旨在對幻覺素材的來源作『科學的』解釋或形成一種理論，用來說明隱藏在這種奇怪的藝術創作模式之下的心理過程」。

但榮格對其說並不贊成，他認爲弗洛伊德把藝術作品當成是可以從作家精神壓抑角度來分析之物，創作類似神經症，未必妥當。其次，僅從作家個人心理狀態及生活史去找答案也不對：「作品中

個人的東西越多，也就越不成其為藝術。藝術作品的本質在於它超越了個人生活領域而以藝術家的心靈向全人類的心靈說話。個人色彩在藝術中是一種局限，甚至是一種罪孽。僅僅屬於或主要屬於個人的『藝術』，的確只應該被當作神經症看待。弗洛伊德學派認為：『藝術家無一例外地都是自戀傾向者，也就是說是一些發育不全的、具有童年和自戀品質的人。』這一觀點或許有幾分道理。然而也只有當涉及『作為個人的藝術家』時，這種說法才能成立。對於『作為藝術家的個人』，這種說法則毫不相干。在他作為藝術家的才能中，他既不自戀，也不戀他，不具備任何意義上的愛欲。他是客觀的、無個性的（甚至是非人的）」。

　　所謂詩人是客觀的、無個性的，是說詩人所寫的並不只代表他自己，更代表民族、人類。那些真正能撼動每一位讀者的，並非作者個人之經驗、幻覺、白日夢，而是整個民族或人類的集體無意識，「那種幻覺中顯現的東西也就是集體無意識。我們所說的集體無意識，是指由各種遺傳力量形成的一定的心理傾向，意識即從這種心理傾向中發展而來」「詩人的創造力來源於他的原始經驗，這種經驗深不可測，因此需要借助神話想像來賦予它形式。原始經驗本身並不提供詞彙或意象，因為它『彷彿是在黑暗中從鏡子裡』看見的幻象」。

　　榮格之後，心理學界對此賡續有所探討，漸成一專門領域，詳見艾伯特（R.S. Albert）主編《天才和傑出成就》（一九八八，浙江人民出版社，方展畫、顧建民等譯。但此書未論及榮格）一書之介紹。

　　弗洛伊德與榮格，剛好顯示了西方兩種天才觀。弗洛依德把天才看成是人的病態，謂如珍珠是蚌的病疣，呼應著早期希臘某些觀

念，例如亞里士多德即說：「沒有顛狂就沒有偉大天才」。榮格把天才看做可以顯示集體無意識的人，爲人們示現神秘與命運，則是呼應了早期巫人的傳統。天才被視爲神賜的能力，他像個容器或工具，神秘藉著他而彰顯示現予人。

巴爾札克〈論藝術家〉所云：「藝術家就是這樣的人：他是某種專橫的意志手中馴服的工具，他冥冥中服從著一個主子。別人以爲他是逍遙自在的，其實他是奴隸；別人以爲他放浪不羈，一切都隨興之所至，其實他既無力量也無主見，他等於是個死了的人。他那莊嚴無比的權力和微不足道的生命本身是一種永恆的對照：他永遠是神或永遠是一具屍體」，殆即與榮格之說類似。所以榮格會說：「創造性衝動常常是如此專橫，它吞噬藝術家的人性，無情地奴役他去完成他的作品，甚至不惜犧牲其健康和普通人所謂的幸福。孕育在藝術家心中的作品是一種自然力，……這種有生命的東西就叫做自主情結（autonomous complex）。……依靠其能量，它可以表現爲對意識活動的單純干擾，也可以表現爲一種無上的權威，馴服自我（the ego）去完成自己的目的」。

無論是弗洛依德式或榮格式的天才論，都與我國主流天才觀不同。弗洛依德把創作視爲幻想白日夢、把詩人視如神經病，縱使是在我國攻擊文人無行、有才無德之言論中也不曾如此說，因爲它有貶抑天才之意。榮格之說，將天才神聖化。但這彷彿神祇，能創造出震撼人心作品的詩人，事實上亦只是偶然被無意識命令俘虜的人，神秘通過他來發言。那個力量是自主的，詩人卻不是。亦即才在天而不在人。詩人至多像一名神靈降附的巫師而已。中國人也並不如此看，因爲我們所說的天才既屬天也屬人。

西方之傳統既重學而不重才，其論天才又是如此，正可供我們
比較分析，說明嚴羽所謂「詩有別才，非關學也」是什麼意思。

用蔡英俊的話來講，由「學習」與「技藝」諸觀念衍生的詩學
論述，不論是「製造」或「創造」的議題，其中心論點一方面肯定
技術或技巧是來自於經驗的累積與總結，因而是可以傳授與學習
的；而另一方面則以「作品」本身所呈示的自足的客觀表現、或是
創作活動本身所要求的知識與才能爲考量的對象，而比較不涉及作
家主觀的情感意念或經驗模式等相關的議題。在這種思考方式的制
約下，以戲劇與敘述文類爲主的西方文學傳統，便傾向於探問作品
的構成要素與構成方式。作品即是作家的才能所顯現的對於作品的
構成要素（即語言媒介、主題素材）的一種想像創造。而作品所描繪
傳寫的世界，則是與外在眞實的生活世界相互平行。前者即是後者
的一種「模擬或再現」（mimesis or representation）。然而，此一
再現活動的性質，並不是如鏡子一樣祇是如實映照日常生活世界的
原形，而是以藝術的技巧編造出一個關於「更爲可能的世界」的形
象。如此，則作品自成一個獨立客觀的藝術世界，而所謂的「意義」
也就得以客觀具顯於作品本身，並無涉於作家個人的主體情性或身
世遭遇。

相較之下，我國以「詩言志」的抒情模式爲創作表現主軸的中
國古典論述傳統，對於情感或心境——而不是行動或事件——的揭露
與呈示，就顯現爲其基本的問題。情感或意向的活動雖然可以是來
自於對行動或事件的觀照與沈思，但它本身所能引生的各種官覺反
應，並沒有如動作或事件一樣有可供觀察摹寫的具體外顯的行爲特
徵。因此如何掌握情感本身的特質自是一項難題。再者，情感本身

與有關情感的體驗之間又有性質上極大的差異度可說，因此詩歌創作活動所牽涉到的有關作家主體經驗的各種議題，譬如個人意向與心境、自我的現時感（subjectivity and immediacy）與歷史文化的認同，更是我國古典論述傳統亟欲加以解說的重要問題（上引書，第一章）。

依前者，詩人必須掌握及表現的是情感本身的特質；依後者，整個創作活動中涉及的又是個人內在經驗，則整個論述自然就會偏向於才。詩人的才性、才氣、才情，顯現其生命特質與獨特感性模式，正是抒情詩主要靈魂所繫。缺乏此種生命特質與獨特感性模式，只能賣弄普遍性、理性、知識、文獻典故、文字模套、技巧，當然就會被批評為下乘、無詩文創作之才、不應寫詩。

在這種情況下，學只是第二義的，須有才再加以學力，而非無才者可藉學以成就。

同時，以才性為基底的學習論，也有不同的意義。一者，有才的詩人，在表達其才情感性時，技藝當然也很重要，但這些技藝，是與其才相合的。特殊的才性，會有獨特的表達方式、獨特的技藝，故其技亦為才的一部分，往往被認為無法學習。例如李白詩，就常被評論者描述為天才語，無可模仿。其他詩人，縱非如此毫無可學性，要學也能不純從技藝上去講求，而要從學習其特殊情感、生命型態上去學。

二者，特殊的技藝，被認為是創作者（實踐主體）經過長期勞動操作的經驗積累，具有不能透過理性思慮來分析、或經由程序步驟來規範的性質。詩論強調這些高超的手工藝技術的重點，不是要指明手工藝所能展示的極盡心思或精湛的技巧，也不是要稱說如何能

借操作規範而加以客觀化爲標準的工藝製造過程。相反的，這些高超的詩藝技術反映了實踐或創作主體能因任自然、專心致志、甚至無所用心的一種精神境界，也就是莊子〈養生主〉中庖丁所倡言的「進乎技」的「道」的境界。亦即「以天合天」。若要學得這些高超的技藝，也須技進於道才能辦得到。

這樣論學，學的意義便轉換了。教人學而其實不可學，無具體操作規範、無客觀化準則、無知識理性方法，只能是盡其才性或提升生命境界兩種路數。所謂：「汝果欲學詩，工夫在詩外」（陸放翁・示子聿詩）。南宋流行的一批學詩詩，也把它稱爲「學至無學」，如趙章泉詩：「問詩端合如何作，待欲學耶無用學？今一禿翁曾總角，學竟無方作無略……」（《詩人玉屑・卷一》），即屬此類。

嚴羽說：「非多讀書多窮理，則不能極其至」，指的就是透過讀書窮理以提升生命內涵（工夫在詩外），才能讓詩作得更好之意。

第八章　以才為本的抒情創作

以抒情爲主要創作表現的中國古典論述，是如此與西方以敘事模式爲創作主軸的論述不同，確是饒富意味的對比。以抒情模式爲創作主軸的論述，會特別強調才。才子之才華主要也表現在詩創作上。所謂才子，唐代以後更以指詩人爲主，正顯示抒情創作與才的關係。

歷來詩論，天才之說不斷，如《詩品》云：李陵「有殊才」、陸機「才高辭贍」、「陸才如海，潘才如江」、謝靈運「興多才高」等等。甚且時有神化天才之事，《詩品》載：

初，錢唐杜明師夜夢東南有人來入其館，是夕即（謝）靈運
生於會稽。旬日而謝玄亡。其家以子孫難得，送靈運於杜治
養之，十五方還都，故小名客兒。

是則謝靈運的誕生，即有異事，無怪乎其有異才。同書又載：

> 《謝氏家錄》云：康樂每對惠連，輒得佳語。後在永嘉西堂，
> 思詩竟日不就，寤寐間忽見惠連，即成「池塘生春草」。故
> 嘗云：「此語有神助，非吾語也」。

又載：

> 初，（江）淹罷宣城郡，遂宿治亭。夢一美丈夫，自稱郭璞，
> 謂淹曰：「吾有筆，在卿處多年矣，可以見還」。淹探懷中，
> 得五色筆，以授之。爾後為詩，不復成語，故世傳江淹才盡
> （《南史》卷五十九〈江淹傳〉更載有張景陽向江淹索錦之說）。

諸如此類傳說，此後一直不絕。且天才的指涉，並不僅指詩人。以
抒情模式為創作主軸的傳統，固然以詩為典型為核心，可是因整個
文學創作均屬於這個模式，故對所有文學創作的評述，也都可以以
才來指明。劉勰《文心雕龍·體性篇》即是如此：

> 賈生（誼）俊發，故文潔而體清；長卿（司馬相如）傲誕，
> 故理侈而辭溢；子雲（揚雄）沈寂，故志隱而味深；子政（劉

　　向）簡易，故趣昭而事博；孟堅（班固）雅懿，故裁密而思
　　靡；平子（張衡）淹通，故慮周而藻密；仲宣（王粲）躁銳，
　　故穎出而才果；公幹（劉楨）氣褊，故言壯而情駭；嗣宗（阮
　　籍）俶儻，故響逸而調遠；叔夜（嵇康）俊俠，故興高而采
　　烈；安仁（潘岳）輕敏，故鋒發而韻流；士衡矜重，故情繁
　　而辭隱；觸類以推，表裡必符。豈非自然之恆資，才氣之大
　　略哉！

作者才性如何，「故」文章如何如何。這種口吻，指明了才對文學
表現具有決定性之影響。這個觀點，自漢以來，也是論文者之基本
觀念。王逸〈楚辭章句序〉云：「智彌盛者其言博，才益多者其識
遠，屈原之詞，誠博遠矣」，就將屈原辭華之妙，推本於他的才智
（才本來就常顯爲智力聰明，詳前文）。班固論屈原，固然責其露才揚
己，卻也在〈離騷序〉中稱贊他：「其文弘博麗雅，……雖非明智
之器，可謂妙才者也」。此與後來劉勰〈辨騷〉云「漁父寄獨往之
才」「不有屈原，豈見離騷，驚才風逸，壯志煙高」者，評文手眼，
殊無二致。

　　曹丕《典論·論文》說文體不同，「能之者偏也，唯通才能備
其體。文以氣爲主，氣之清濁有體，不可力強而致。……引氣不齊，
巧拙有素，雖在父兄，不能以移子弟」，講的還是才。才能偏於某
一方面，就只能在某一類文體上有所表現，而且表現得好不好（巧
拙），也依人之才氣而定。才氣屬於天生，故學也學不來，雖在父
兄，不能以移子弟。

　　曹植在政治上與曹丕敵對，論才卻與阿兄無異，他批評：「以

孔璋之才，不嫺於辭賦」，又自謙：「丁敬禮嘗作小文，使僕潤飾
之，僕自以才不過若人，辭不為也」。都把文章創作的根源力量歸
因於天才。

由這種才氣論，才會發展出風骨說。劉勰〈風骨篇〉完全由曹
丕論才氣處衍申而來，謂：

> 魏文稱：「文以氣為主，氣之清濁有體，不可力強而致」。
> 故其論孔融，則云「體氣高妙」；論徐幹，則云「時有齊氣」；
> 論劉楨，則云「有逸氣」。公幹亦云：「孔氏卓卓，信含異
> 氣，筆墨之性，殆不可勝」。並重氣之旨也。夫翬翟備色，
> 而翾翥百步，肌豐而力沈也；鷹隼乏采，而翰飛戾天，骨勁
> 而氣猛也。文章才力，有似於此。

依他看，文有風骨，方能「才鋒峻立，符采克炳」。而風骨是本之
才力的，鍾嶸〈詩品序〉的用法也是如此。它說：永嘉至東晉，詩
歌「皆平典似道德論，建安風力盡矣。先是，郭景純用雋上之才，
變創其體，劉越石仗清剛之氣，贊成厥美」。建安的風力，就是劉
勰所稱道的風骨。這樣的風骨，至晉，無人才可以繼承發揚，須待
郭璞劉琨始能振發。二人的才氣，才是文學創新風格的依憑。厥後，
「元嘉中，有謝靈運，才高詞盛，富豔難蹤，固已含跨劉郭，凌轢
潘左」，新文風之發展，依然有待大天才的出現。

才，是創作的本源，辭采風骨均為才力之表現，妙才大才又足
以導引文學史的發展。這樣的講法，有點天才決定論的氣味，郭紹
虞批評它：「強調了作家各別的才性，忽略了作品風格是作家的社

會實踐和藝術素養的結果，說法也就不夠全面」（《中國歷代文論選·典論論文·說明》），倒也不錯。但這豈不正顯示了抒情論述的特點嗎？

文學，恰如《南齊書·文學傳論》所說：「文章者，蓋情性之風標，神明之律呂也。蘊思含毫，游心內運，放言落紙，氣韻天成。莫不稟以生靈，遷乎愛嗜，……各任懷抱，共爲權衡」。對於這些論者來說，文學不被解釋爲經濟發展的上層建築、也不是社會生活的反映、亦無庸再現客觀世界、更不是文字藝術品的製做，它只是人情性的表現，所謂「情性之風標，神明之律呂」。因此，創作乃「各任懷抱」之事。其氣韻稟於天生之才分才性，天才當然就被認爲是有決定性的力量。文學史的演變，也被解釋成是天才大作家的創造。像鍾嶸說：「方今皇帝資生知之上才，體沈鬱之幽思，文麗日月，賞究天人，昔在貴遊，已爲稱首。況八紘既奄，風靡雲蒸，抱玉者聯肩，握珠者踵武。固以瞰漢魏而不顧，吞晉宋於胸中」。雖是對皇帝的阿諛，可是評述方法與論謝靈運也沒什麼不同。此外，關於文學創作，他又說：

> 至乎吟詠情性，亦何貴于用事？「思君如流水」，既是即目；「高臺多悲風」，亦惟所見；「清晨登隴首」，羌無故實；「明月照積雪」，詎出經、史？觀古今勝語，多非補假，皆由直尋。顏延、謝莊，尤爲繁密，于時化之。故大明、泰始中，文章殆同書鈔。近任昉、王元長等，詞不貴奇，競須新事。爾來作者，寖以成俗。遂乃句無虛語，語無虛字，拘攣補衲，蠹文已甚。但自然英旨，罕值其人。詞既失高，則宜

加事義，雖謝天才，且表學問，亦一理乎！

在抒情的原則下，表現自己，所謂吟詠情性，才是文學之要務。只有在才分不夠時，方用事義學問來補強。本此觀點以論詩，好詩人當然就都只能是才子而非學者了。他說他所編的《詩品》，網羅古今，凡百二十人，凡被收錄的，都是才子：「預此宗流者，便稱才子」，就是這個道理。

後世輯錄詩人詩集，往往逕名才子傳，即肇於此。如辛文房《唐才子傳》、金聖嘆《選批唐才子詩》之類，都是。鍾嶸《詩品》其實也就是一部才子傳。蕭統所編《文選》，則是另一部，其序云：「歷觀文囿，泛覽辭林，……自姬漢以來，眇焉悠邈。……詞人才子，則名溢於縹囊，……自非略其蕪穢，集其清英，蓋欲兼功，太半難矣」，語氣中顯然認爲自己所選的，才足以稱爲眞才子。至唐，殷璠編《河嶽英靈集》，序云：「璠雖不佞，竊嘗好事，常願刪略群才，贊聖朝之美」，意亦相同。

詩人文人被稱爲才子，表明了詩人最主要的品質與條件就是有才，故顏之推告誡子弟：「必乏天才，勿強操筆」（《顏氏家訓・文章篇》）。唐柳冕也說：「文之無窮，而人之才有限。苟力不足者，強而爲文則蹶，強而爲氣則竭，強而爲智則拙」（〈答衢州鄭使君論文書〉）。柳宗元講得更簡徑直截：「作於聖，故曰經。述於才，故曰文」（〈楊評事文集後序〉）。

不過，古文運動時期論文本於才，有一點與漢魏六朝時期不同。漢魏六朝論才，均就才性說，故稱天才，指天生的才能，柳冕則提出「養才說」。

《唐文粹》卷八四引柳氏〈答楊中丞論文書〉云:「來書論文,
盡養才之道,增作者之氣,推而行之可以復聖人之教,見天地之心,
甚善。嗟呼!天地養才,而萬物生焉。聖人養才,而文章生焉。風
俗養才,而志氣生焉。故才多而養之,可以鼓天下之氣。……嗟呼!
天下之才少久矣,文章之氣衰甚矣,風俗之不養才病矣,才少而氣
衰使然也。……故無病則氣生,氣生則才勇,才勇則文壯,文壯然
後可以鼓天下之動。此養才之道也」。文章要好,須要養才。這個
才,當然仍是天生之才性,但卻能透過養而使之勇壯。這個觀念,
直接引生了韓愈的養氣說。

韓愈〈答李翊書〉談到寫文章(立言)須要「養其根而竢其實」,
又說「不可不養也」,養什麼呢?他說:「氣,水也。言,浮物也。
水大而物之浮者大小畢浮,氣之與言猶是也,氣盛則言之短長與聲
之高下者皆宜」。這個養氣論,一般論古文運動者都會注意到它與
孟子知言養氣說之關聯,卻罕有人明白它是由養才說轉出。用柳冕
的話來講,才少則氣衰,故欲令氣盛,便須養才。養才與養氣的概
念是一樣的。

可是,才既已養,其才便非天生之才。古文運動以後,論文漸
重學養而不貴才情,正由此轉開。才學之辨,此後乃亦越來越趨激
烈。

但詩之「本色」仍被界定為抒情的,吟詠情性仍是詩的基本性
質。且不只詩如此,就連戲曲小說等敘事文類亦是如此。清人徐燨
(一七三六～一八〇五)《寫心雜劇・序》云:

　　寫心劇者,原以寫我心也。心有所觸則有所感,有所感則必

　　　有所言，言之不足，則手之舞之足之蹈之而不能自己者，此
　　　余劇之所由作也。且子以爲是眞耶？是劇耶？是劇者皆眞
　　　耶？是眞者皆劇耶？

　　許多戲曲小說均如是。非敘寫外在客觀世界或事件，而是描寫內心
所觸所感，抒情照鏡、顧影自憐，如廖燕（一六四四～一七〇五）《二
十七松堂集·自序》所說：「筆代舌、墨代淚、字代語言、而箋紙
代影照，如我立前而與之言而文著焉。則書者以我告我之謂也。且
吾將誰告？濛濛者皆是矣，皋皋者皆是矣。雖孔子猶不能告之七十
二國，況此下者乎？退而自告之六經之孔子而後可焉，則千古著書
之標也。故舌可筆矣，淚可墨矣，語言可字矣，而影照可箋紙矣。
而我不書乎，而書不我乎？以我告我，宜聽之而信且傳也」。以我
告我，成爲抒情的聲音。

　　這樣的戲曲小說，有不少本來就是才人炫才，或傷其才命不偶
而作，如顧森（一七三〇～一八〇五）《回春夢》自序云：「《回春
夢》何由而作也？傷余生平之命蹇也。……考余一生之遭際，不知
者必以爲短行險毒，故報應之若此也。然余自問生平，實無纖芥之
惡，此無他，天也，命也！天命既定，即有蓋世才、拔山力，奚能
挽回？」這樣的口氣與論調，在我國敘事文類中，其實時時可見；
甚至整個才子佳人類小說也大抵可歸因於此。而也由於這個原因，
小說戲曲等敘事文類也同樣可被稱爲才子書，像金聖嘆把《史記》
《水滸》《莊子》《西廂》與杜詩併稱爲才子書那樣。

第九章　重文才的社會與制度

　　天才論歷久不衰，成為討論文學的基本觀念，除了可從我國文學的性質以抒情模式為主軸的古典論述傳統來觀察之外，我們也不要忘了社會文化的原因。

　　在我們的社會文化中，討論到一個人，通常要看他「人才如何」。臺灣民間，到現在仍常在女兒準備許配人家時問：對方人才生做啥款？整個人物品評，就是人才論。國家用人，稱為舉才用才；公司機關聘雇員工，叫做徵才。派任工作，講究適才適所；大才小用，則令人感嘆。這些，無不表現了這個社會喜歡以才論人。

　　早在《周禮·天官·大宰》中就提到舉賢才之事：「三曰進賢，四曰便能」鄭注：「賢，有善行也。能，多才藝也」。鄭玄把才能與德行分開，是東漢人的觀點，古代可不如此；故「舉賢才」之說，見於《論語》。賢才，就是好人才之意。至漢乃有「秀才」之舉。《漢書·武帝紀》載元封五年帝以文武名臣欲盡，詔「令州郡察吏民有茂才異等，可為將相及使絕國者」。此即秀才成為察舉一科的開端。

　　但此時僅屬偶一為之的特舉，到了光武帝建武十二年，茂才才成為歲舉。《續漢書·百官志》注引《漢官目錄》：

> 建武十二年八月乙未詔書，三公舉茂才各一人，廉吏各二人；光祿歲舉茂才四行各一人，察廉吏三人；中二千石歲察廉吏各一人，近尉、大司農各二人，將兵將軍察廉吏各二人；監察御史、司錄、川牧歲舉茂才各一人。

茂才就是秀才，指優秀的人才。後漢爲避光武帝諱，改稱茂才。寫於東漢的《漢書》遂也稱此爲茂才。至魏，才又改回來稱爲秀才。

皇帝舉秀才之外，宰相府每年也從府吏中舉一人爲秀才（衛宏《漢舊儀》：「元狩六年，丞相吏員三百八十人，歲舉秀才一人」），至東漢則三公每年均舉茂才一人。但秀才在初期大約只是選拔優秀人才之意，非一科，而是選來後再經過考試或試用程序才授予適當之職務，如《漢舊儀》所載：

> 刺吏舉民有茂材，移名丞相，丞相考召。取明經一科、明律命一科、能治劇一科，各一人。詔選諫大夫、議郎、博士、諸侯王傅、僕射、郎中令，取明經。選近尉正、監、平案章，取明律令。選能治劇長安三輔令，取治劇。皆試守，小冠，滿歲爲眞，以次遷。奉引則大冠。

後世明經等等與秀才有時是分列的兩科，此時則是選送秀才，經過考試後，分爲明經、明律令、能治劇三科，各有任官及儀制之規定。這是西漢成帝時期的情況，秀才由刺史舉選。

到東漢，秀才舉選已經下降到鄉里了。由鄉里選報，人數自然增多。而且秀才的涵義也有所改變。前文曾說東漢人把賢與能分開，才與德成爲兩個人才選舉標準，反映在制度上，就是秀才與孝廉並列。孝廉設科，始於漢武帝元光元年，但與秀才並列，實在東漢（雖然秀才地位仍然較高）。

據《後漢書・章帝紀》說：「鄉舉里選，必累功勞。今刺史守相不明眞僞，茂才、孝廉歲以百數，既非能顯，而當授之政事，……

敷奏以言，則文章可採；明試以功，則政有異跡」。可見當時對這些人才的普遍看法，一是要有文采，再則要能辦政事。

對於這個要求，孝廉頗以爲苦，故後來一直反對「孝廉雜揉，試之以文」的規定，但都不成功。魏黃初年間，「三府議，舉孝廉本以德行，不復限以試經」（三國志·魏志·華歆傳），也未成功。甚且，《東漢會要》卷二十六孝廉條說：「西都只從郡國舉奏，未有試文之事。至東都則諸生試家法、文吏課箋奏，無異於後世科舉之法矣」。人才登進，越來越重視「考文」的步驟，乃是一種趨勢。孝廉一科固然避不開這個趨勢，整個人才登庸選拔之制，亦是朝以文取人的路子在走。

這時的文，當然不是辭章之美，而是經典文獻知識（所謂博學於文）和律令箋奏等公文書寫作。但即使是公文書，寫得好，不也同樣是文學作品嗎？我們看《文選》所錄章表奏議箋啓銘誄，何可勝數？《文心雕龍》所載文體，又有多少本來就是公文書？一旦朝廷選舉人才講究「敷奏以言，則文章可採」，整個考選制度就必然朝文學化發展。漢朝當時，便已有此徵象，其後的發展，當然也不斷證明了這一點。

東漢順帝陽嘉元年一月，正式確定了孝廉考試制度，孝廉要「諸生通章句，文吏能箋奏」。箋、奏，《文心雕龍》均列入〈書記篇〉，說：「迄至後漢，稍有名品，公府奏記，而郡將奏箋」。後世科舉程文之制，此乃濫觴。德行孝義，漸漸就排除在人才選用的標準之外了。論人才，只重才，而又以文來論斷人是否有才。

秀才，至晉太康年間，也開始要考，考對策。對策，主要是問政策，秀才可以盡言，也就是《文心雕龍·議對篇》所論之體。此

等對策，固然可說乃「立意爲宗，非以能文爲本」，但爲了對策能在考試中獲雋，文章必然要寫得好。考試制度間接刺激了文章辭采的發展，非初始創設此制度者所能逆料。何況，還有專考文學的項目呢？東漢靈帝好文，設鴻都門學，引能爲辭賦尺牘者居之，又令於盛化門考試，錄取後授官。這就是專門考辭采的了。此制雖未長期沿續下來，可是秀才策問，在六朝駢藻大盛期間，事實上已與辭賦無異矣（見下文）。

　　秀才之舉選，由漢至六朝，大抵如此。而在六朝，同時應注意的還有「才地」之問題。

　　六朝是門第社會，人才之標準，除了漢代重視的才與德之外，尚有門第。德的標準逐漸淡化後，才與地即成爲兩項最重要的標準。史載王僧達「自負才地，一二年間便望宰相」；王融「自恃人地，三十內望爲公輔」；王珣欲得西鎭，「自計才地，並應在己」；張緒謂王儉「人地兼美，宜轉秘書丞」；蔡凝說「黃散之職，故須人門兼美」；北齊陽休之「多識故事，諳悉氏族，凡所選用，莫不才地俱允」；王蘊爲吏部郎，「一官缺，求者十輩，蘊連狀呈宰錄曰：某人有地，某人有才。不得者甘心無怨」，凡此等等，俱見才指人才、地指地望門第，兩者同爲新的時代擢拔人才之標準。有其中之一便足以獲得高位，若才地俱美、人門兩兼，當然就更完美了。

　　正因爲才仍是六朝世族門第社會中一項社會共許的人才標準，寒門子弟方有上升之機會，否則六朝就會完全變成印度種姓制度那樣的閉鎖型社會。梁武帝天監八年有詔曰：「雖復牛監羊肆、寒口後門，並隨才試吏，勿有遺隔」。《通典》卷十四〈選舉二〉亦稱梁代選官「無復膏梁寒素之隔」。宋代，則《宋書·孝武帝紀》

說孝建二年有詔:「犯罪之門尚有存者,子弟可隨才署吏」,犯罪人家的子弟,若有才,也還是可有仕路的。這類事例,固然還不及高門第子弟進仕者之多,但一線生機,即在於此。

此時,孝廉已由齊梁時之甚少,漸至於被明經取代而消失了。世族本以經學禮法傳家,故明經科之崛起,並不令人意外。秀才則越來越偏重文采。《初學記》卷二十,梁〈儀賢堂監策秀才聯句〉云:「雄州試異等,揚廷乃專對,碩學類括羽,奇文若錦繢」,足見其一斑。凡舉秀才者,多為著名文人,如江淹、孔稚圭、任昉、王融、丘遲、鍾嶸、王褒、何遜都是。

北方講門第亦如南朝,但同樣有主張改變品評標準,只以才舉人的。《魏書‧韓顯宗傳》云韓氏於太和中上書謂:「夫門望者,是其父祖之遺烈,亦何益於皇家?益於時者,賢才而已」。這就是重才而輕地。

北朝文學不如南方之盛,所舉秀才仍以門第之士為主,可是考試時考的卻也是文學辭章。故《魏書‧崔亮傳》說:「朝廷貢秀才只求其文,不取其理」。此與南方取秀才「乃雕蟲小道,非關理功得失」,並無太大差別。《文心雕龍‧議對篇》說漢代賢良對策多「信有徵」「事理明」「事切而情舉」「辭以治宣,不為文作」;「魏晉以來,稍務文麗,以文紀實,所失已多」,可謂實錄。《北齊書‧儒林劉晝傳》記劉氏「河清初,還冀州,舉秀才入京,考第不第,乃恨不學屬文」,更是把當時秀才策試的真相洩露無遺了。

到了隋朝,力矯其弊,詔禁文辭浮華。可是一旦考起秀才來,依然考究文采。

《北史‧杜正玄傳》云:「隋開皇十五年,舉秀才。……手題

使擬司馬相如〈上林賦〉、王褒〈聖主得賢臣頌〉、班固〈燕然山銘〉、張載〈劍閣銘〉〈白鸚鵡賦〉。……並立成，文不加點」。這就是秀才策問之外，「加試雜文」的起源。所加考的，全是辭賦文采。此與北齊時馬敬德去考秀才，考官認為「舉秀才例取文士，州將以其純儒，無意推薦」（《北齊書·儒林傳》）相較，文士化、文學化毋寧是更嚴重的。

　　因此，綜合來看，我國人才之擢拔，政府本以察舉，後漸成為科舉。察舉在於選拔推薦，科舉則賴考試。選拔推薦，可徵行誼，考試則唯據文章。正式科舉，確定於隋唐，但那是由漢代逐漸發展而成的，一步步朝文書化、考試化發展。故制度是由察舉到科舉，方法是由選舉到考試，標準是由「德行與才能」到「經學與才能」，再到「才能」。才能的評斷，早期以辦政事、撰章奏為主，後來只以擅文章為貴。經術學養，後亦越來越不重要，明經一科，至唐地位漸衰。一切才華學養，遂都只表現於文章之中。《宋史·選舉志》說：「張力平知貢舉，言：文章之變與政通。今設科選才，專取辭藝。士唯道藝積於中，英華發於外。然則以文取士，所以叩諸外而質其中之蘊也」，就表現了這種現實與信念。

　　在這個社會中，人才觀當然就只是文才觀。選考人才，只重其才；才又只由文上見之。文與才乃因此而是一而二、二而一的事。論文學，以才為創作之基本條件，與這個社會文化因素是分不開的。

· 才 ·

第三篇　文才論的歷史

第一章　由才入學：魏晉南北朝

　　曹丕《典論·論文》常被推崇爲第一篇文學批評文獻，這倒不是說本文以前即無文學之評論，而是它題目就叫「論文」。

　　這篇文章有兩個重點，一是從才氣的觀點說「文以氣爲主，氣之清獨有體，不可力強而致」。故文章既本於才氣，則每個人才氣不同，各有其所擅長之文體，不能兼擅，因此也不可以文人相輕，「各以所長，相輕所短」。二是說文章的價值可以超越時間的局限，成就不朽。其中第一個重點還帶出了一個文體風格與作者才氣相符的問題，所謂：「奏議宜雅，書論宜理，銘誄尙實，詩賦欲麗，此四科不同，故能之者偏也，唯通才能備其體」。

　　通才，是超越一般人的大才。曹丕及他周邊或他所評論的文人，對人才都有這種大小之分判。例如孔融〈論盛孝章書〉云：「昭王築臺以尊郭隗，隗雖小才而逢大遇」，陳琳〈爲曹洪與文帝書〉云：「察茲地勢，謂爲中才處之，殆難倉卒」。人才分爲大中小三等，事實上也是《漢書·古今人表》以來即有的慣例，甚且更早，

司馬遷〈報任少卿書〉便已說過：「夫中才之人，事有關於宦豎者，莫不傷氣」。可見此乃建安諸子沿襲自西漢以來的觀念和語詞。

據曹丕曹植看，王粲、徐幹、應瑒、陳琳、孔融、劉楨都只是中才，只能在某一文體上有所表現，並非通才大手筆。故曹丕〈與吳質書〉：「公幹有逸氣，但末遒耳」「仲宣續自善於辭賦，惜其體弱，不足以起文」，曹植〈與楊德祖書〉也說：「以孔璋之才，不嫻於辭賦」。

這批人，自己也常認為是才華有限，例如吳質〈答東阿王書〉說自己：「雖恃平原養士之懿，愧無毛遂耀穎之才」，應瑒〈與滿分琰書〉說自己：「幸頑才見誠知己」，又〈與侍郎曹長思書〉說自己：「才劣仲舒，無下帷之恩」。但這些，應該都只是應世的謙辭。自居頑劣，而推崇曹丕：「雖年齊蕭王，才實百之」（吳質・答魏太子箋）；稱譽曹植：「君侯體高世之才，秉青萍干將之器，此乃天然異稟，非鑽仰者所庶幾也」（陳琳・答東阿王箋）。凡茲云云，當然有其老於世故的發言情境及心理因素，不可當真。但由他們的言說來看，以才論人並論文，乃當時通用之方式。不但《典論・論文》如此，曹植〈與楊德祖書〉云「今世作者，可略而言」，也是論文，而《典略》就說它是：「與修書論諸才人優劣」。可見曹丕論文，由人之才氣高下為說，殊非偶然。

人才高下，用應瑒的話來說，即是「聖賢殊品，優劣異姿」（〈與廣州長岑文瑜書〉）。通才大才，能備諸體。其餘中才下才，就只能依其才性之偏，各得其一體之善。這時，才性不只有高下那種豎的分級，也有平列的才性不同，一如劉劭《人物志》把才性分為金木水火土那樣，有橫的分類。文體之分，則恰好跟才性的分類是相符

的。這個講法，便開啓了此後文章風格與作者才氣合一的論述路向，影響深遠。

陸機〈文賦〉依然是以才論文，因此一開口就是：「余每觀才士之所作，竊有以得其用心」。只不過，他不同於曹丕。曹丕認爲文本於才，才氣不齊，雖在父兄不可以移子弟，故文章寫作，純由天賦。陸機則偏要講出才士作文時用心的所在，示人以軌則。雖然如此，他仍覺得文學創作有可說明的部分，也有畢竟講不清楚的部分：「若夫隨手之變，良難以辭逮，蓋所能言者，具於此云」。

陸機的態度，是文學批評的一個轉折。從才氣論的角度說，文本於才，才氣由於天資，既不可移易也不可傳授。如此論文，文就不可能成爲一套學問。陸機的做法，就是要在不可捉摸的才氣創作論底下，找出一些法則與規律，讓人可以依循，所以他說：「普辭條與文律，良余膺之所服」「俯貽則於來葉，仰觀象乎古人」。

這是由才入學的路子。但才氣論的底子並沒有丟掉，因此他仍稱文人爲才士，仍指出文章寫作乃是「辭程才以效技」的事。程才效技，就是要人依自己的才性去寫作。這樣論創作，作者就須一方面搞清楚自己才性爲何，一方面了解文之技藝爲何。

《典論·論文》中論及文體，原本都是由才性說的，某某才性者，適合某種文體。但文體既有其風格特徵及寫作規範，它就有其客觀性，「書論宜理，銘誄尚實」，遂被視爲一客觀之規式。陸機〈文賦〉擴大了這種對文體的規定，云：「詩緣情而綺靡，賦體物而瀏亮，碑披文以相質，誄纏綿而悽愴，銘博約而溫潤，箴頓挫而清壯，頌優遊以彬蔚，論精微而朗暢，奏平徹而閑雅，說煒燁而譎誑」。凡論十種文體。這便又大大發展了辨體之風。

辨體，往往只就某一文體說其規定，而不太管個人才性的問題。不是說什麼樣的人才適合什麼樣的文體，而是說：不論才性為何，只要作這個文體，就須守該體之規範；否則就乾脆勿作。若你覺得才性無法配合或依循此一規範，你便只好避開。曹丕論文時，對文體其實已有此意，晉代文論則推本此意，繼續擴大去談文體，而且偏於「就論文體」而不甚討論才性如何與文體相配合的問題。

如摯虞《文章流別論》、李充《翰林論》，均屬此類。摯虞之書，乃分體輯文，具有總集的性質。李著類聚群分，亦以文體為別。其舉名作為例，正是為了示人以規矩，如「表宜以遠大為本，不以華藻為先，若曹子建之表，可謂成文矣」（御覽·卷五九四引）「論貴允理，不求支離，若嵇康之論，文矣」（卷五九五引）之類，皆可見其宗旨。

此均屬於客觀批評之路數，作者才性問題反而被擺到一邊，不再討論。由才性論帶出來的文體論，寖假而成為才性論的對立物，自成一格，要求人「斂才就範」了。

宋齊梁陳，此風續有發展，如宋傅亮《續文章志》、宋明帝《晉江左文章志》、宋邱淵之《文章錄》《別集錄》、齊丘靈鞠〈江左文章錄序〉、梁沈約《宋世文章志》、梁任昉《文章緣起》、梁蕭統《文選》……等，俱屬此類，就談文體，選文示例，頗紹摯虞李充之緒。而沈約四聲八病之說，強調「工拙之數，如有可言」（《宋書·謝靈運傳論》）「不可增減」（《南史·陸厥傳》），更是客觀規矩的揭明。清吳鎮作《八病說》，自序云沈約此舉「專以繩律，使之聲調和諧」，可謂恰符其旨。

可是，在此同時，才性論也同樣仍在滋長中。文人，原本就被

稱爲是才士。而凡體認到「爲文須才」這一點的人，就都不可能只從文體上論文章。如葛洪極推崇陸機兄弟之才，希望大家能續成其業：「陸平原作子書未成，……今才士何不贊成陸公子書？」（《御覽六○二引》）故其論文云：「屬筆之家，亦各有病。其深者則患乎譬煩言冗。……其淺者則患乎妍而無據，證援不給，皮膚鮮澤而骨髓迴弱也」（《抱朴子・辭意篇》）。這看起來像是針對辭意表現上的批評，可是骨髓之弱，實由才情。此類評論者論文，便不會僅從文體上說，而會比較強調內在的才性與修養。如虞溥〈厲學篇〉說：「含章舒播，揮翰流離，稱述世務，探頤究奇，使揚班韜筆、仲舒結舌，亦惟才所居，固無常人也」，強調寫文章的並非凡人，須是才子，故爲文者須先修養內在：「夫工人之染，先修其質，後事其色。質修色積，而染工畢矣」（《晉書・本傳》）。這種勵學修質的觀念，固然尚未能辨析天才與後天學習的差異，但明顯地非客觀批評一路。

此後，如梁蕭子顯《南齊書・文學傳論》說：「若陳思代馬群章，王粲飛鸞諸製，四言之美，前超後絕。少卿離辭，五言才骨，難與爭鶩」，梁元帝《金樓子・立言篇》說：「謝玄暉始見貧小，然而天才命性，過足以補尤。任彥升甲部缺如，才長筆翰，善緝流略，遂有龍門之名，斯亦一時之盛」，簡文帝〈答湘東王書〉說：「又時有效謝康樂、裴鴻臚文者，亦頗有感焉。何者？謝客吐言天拔，出於自然，時有不拘，是其糟粕。裴氏乃是良史之才，了無篇什之美。是爲學謝則不屆其精華，但得其冗長。師裴則蔑絕其所長，惟得其所短。謝故巧不可階，裴亦質不宜慕」，比葛洪虞溥更爲重視才性。以才爲決定性因素，認爲天才無可追躡，也無法學習。人

之才性，又各有所偏，如裴子野就偏於史而不嫻於文。

此說與主張尋找客觀的、可依循、可學習的文體規範及寫作繩律者，當然會針鋒相對。因此，沈約提倡四聲八病，陸厥便反駁道：「一人之思，遲速天懸。一家之文，工拙壞隔。何獨宮商律呂，必責其如一耶？」

文體與才性兩者兼顧，而想在理論上做一調和的，是劉勰的《文心雕龍》。

《文心》上半部，除原道、徵聖、宗經、正緯、辨騷外，均談文體。而且，考之〈序志篇〉可知，該書之所以名爲「雕龍」者，是因：「古來文章，以雕縟成體」；其所以宗經徵聖者，則是因：「去聖久遠，文體解散，辭人愛奇，言貴浮詭」，故他特申：「周書論辭，貴乎體要；尼父陳訓，惡乎異端。辭訓之異，宜體於要」。文體在其思考中，實居核心地位。每一體有一體之要點、要則，不應詭畔，所以上篇囿別區分，就各體以說之，明諸體之要。

下部〈體性篇〉所說之體，則與上部所謂文體不同，乃指與才性結合後所顯示的「體式」風格。所以文章一開始就從「才有庸儁，氣有剛柔，學有淺深，習有雅鄭」而形成不同的體式講起，然後說：「辭理庸儁，莫能翻其才；風趣剛柔，寧或改其氣？……體式雅鄭，鮮有反其習，各師成心，其異如面」。

這些體式，他歸納爲八：「若總其歸途，則數窮八體，一曰典雅、二曰遠奧、三曰精約、四曰顯附、五曰繁縟、六曰壯麗、七曰新奇、八曰輕靡」。再總結說道：「八體屢遷，功以學成，才力居中，肇自血氣」，故文人才性不同，文章表現就不一樣。

這體式之體，與文體之體，並非同一件事。文體，如詩、樂府、

贊、頌、誄、論、章、表之類，是客觀的文學體製、體裁、類型。
有其傳統、成規、要件，這個體，是不能乖逆的，否則就會被他批
評是「失體」「謬體」「戾體」。但同樣作詩造論，不同的作者，
仍然會表現出不同的寫作特點，形成不同的風格，這就是體式的問
題。體式不是客觀的，而是作者才性進入文體之後的表現，故才居
核心地位，有決定性力量。

　　平列地就文體說，是如此。縱貫地就文學史說也是如此。他在
〈時序〉之後，接之以〈才略〉。〈時序〉論各個時代文風之變，
〈才略〉則從個人角度說文風轉變之故，謂文人才氣之殊形成了繽
紛的文苑圖象。此亦以才爲決定性力量者。

　　但綜合來說，劉勰作《文心雕龍》本來就是期望能示後學以軌
範，故他不可能以才性論爲主，像簡文帝那樣強調天才無可倣效，
不必學習。他毋寧是以文體之體要爲原則，而以才性爲調節因素
的，所以〈通變篇〉說：「設文之體有常，變文之數無方。何以明
其然耶？凡詩賦書記，名理相因，此有常之體。文辭氣力，通變則
久，此無方之數也」。詩、賦、書、記諸體，有其常規。但文辭氣
力，是本於才氣情性的，所以可以通變，可以在文體中變生出新意
來。

　　如此構說，就兼攝了才與體兩端，以才入體，程才效技，而使
體不只是一客觀僵化之規範，才也不僅是毫無節制、不可捉摸的創
造力。成功地調合了才與體、主與客兩條路線。

　　但在有關才這個部分，劉勰畢竟仍是客觀性較強的文論家，是
以他不能僅說天生之才性，更要把「學」的觀念帶進去，把「才有
天資，學愼始習」兩者並列而說。這樣乃能教人去宗經、去徵聖。

如此一來，天資其實就一滑而成虛說。爲學工夫，便著在「童子雕琢，必先雅製」上，著在「摹體以定習，因性以練才」上（均見〈體性篇〉）。不是秉其才性來創作，而仍是斂才就範的。

這就可以看出一種趨勢。以才性論發端的文學批評，本因論才性之異而說文體之分，後乃逐漸著重於文體法式部分，去講如何摹體、如何雕琢。客觀化的體製規範、寫作方法，越講越多，所謂「文學」之「學」，也以此爲主。才氣不可學習，只能嗟賞，文評自然漸漸便以法度規範爲祈嚮了。沈約四聲八病之說，未因陸厥等人之反駁而消沈，反而大獲流行，馴致逐漸形成了近體詩，影響深遠，可見一斑。宋齊梁陳以至唐代，事實上都可視爲這個「法的建立期」。才性，尊而不親，或勉予調和，而實仍以法度爲教也。

以皎然《詩式》爲例，它雖批評「沈休文酷裁八病、碎用四聲，故風雅殆盡。後人才子，天機不高，爲沈生弊法所媚，懵然隨流，溺而不返」（卷一），但亦非欲廢聲病不講，只是以天機、意等爲調節因素，稍解法之黏縛罷了。日人空海所輯《文鏡秘府論》，收羅崔融《唐朝新定詩格》、王昌齡《詩格》、元兢《詩髓腦》及皎然之書，論聲譜、調聲、八種韻、四聲、十七勢、十四例、六義、十體、八階、六志、廿九種對、三十六種累、十種疾等，正是言法之書，非復以才相矜而已矣。

這類書，除空海所輯之外，尚有孫郃《文格》、紇干俞《賦格》、范傳正《賦訣》、周和凝《賦格》、上官儀《筆花九梁》、姚合《詩例》、王起《大中新行詩格》、任藩《文章玄妙》、齊己《玄機分明要覽》《風騷旨格》、鄭谷《詩格》《國風正訣》、王昌齡《詩中密旨》、白居易《金針詩格》《文苑詩格》、賈島《二南密旨》、

王叡《炙轂子詩格》、徐寅《雅道機要》、虛中《流類手鑑》、李洪宣《緣情手鑑詩格》……等。

這些書，當然頗有些依託，但年代涵跨初盛中晚，並非晚唐五代才興起的新風氣。論格例、論訣法，醇駁不一，而其偏於形式、聲病、繩律、法度這一面卻是非常明顯的。

文學創作，本於才氣才情，這是無庸置疑的。但文學批評爲了確立創作的規範、尋找評價的準繩、教示書寫的方法等原因，逐漸從才氣的角度，移轉到文體規範及客觀創作規則技藝部分，遂因此而成爲魏晉南北朝隋唐的發展趨勢。

第二章　才與學的辯證：唐宋

所謂學，並不限於聲病、造語、形構等問題，例如鍾嶸《詩品》說：「自然英旨，罕值其人，詞既失高，則宜加事義。雖謝天才，且表學問，亦一理乎！」他所說的就是指用典。

鍾嶸論詩人，本來就以才氣爲主，因此他說劉楨「仗氣愛奇，動多振絕」、陸機「才高詞贍，舉體華美」、嵇康「過爲峻切，訐直露才，傷淵雅之致」、謝瞻謝混等「才力苦弱，故務其清淺」。這種評論立場，使他不主張用事用典。但天生大才，原本不多，無才者便應資之以學，利用經史故實來添加文章的內涵與丰采。

劉勰論「學始愼習」「童子雕琢，必先雅製」（宗經）也有類似的含意，甚至更爲強烈。鍾嶸只把學視爲天才不足之後的補充原則，劉勰則將才學並列而說。文學的決定因素除了才性之外，學亦同樣重要，故〈體性〉之說已將「學」帶進「性」的範疇中了。

陸機所論的學，是指爲文之技藝、方法，亦即「辭條」與「文律」。劉勰所說的章句修辭，一般稱爲文術論的部分，即屬於此。而〈宗經〉所云學習經典的體製，乃至一般稱爲文體論的部分，也是文人創作時應注意學習的問題。鍾嶸所說的用事用典，更可說是文術之一端。但欲求用典博雅精當，畢竟非只是技術面的事，還須從博學廣識著手，因此這又是廣義的知識修養問題。

後世論學，大抵就有這幾種不同的進路。

以杜甫來說。杜甫「晚節漸於詩律細」（〈遣悶，戲呈里路十九曹長〉）「賦詩新句穩，不覺自長吟」（〈長吟〉）「律比崑崙竹，音知燥溼弦」（〈秋日夔府奉寄鄭審李之芳〉）「遣辭必中律」（〈橋陵詩三十韻〉）「美名人不及，佳句法如何」（〈寄高適三十五書記〉）「爲人性僻耽佳句，語不驚人死不休」（〈江上值水如海勢聊短述〉）「清辭麗句必爲鄰」（〈戲爲六絕句〉）等語，均指音律句法之學。後世從這個角度去掌握杜詩奧妙、闡發杜詩優點之著作，亦不勝枚舉。

而杜甫說「王楊盧駱當時體」（〈戲爲六絕句〉）「流傳江鮑體」（〈贈畢四曜〉）「別裁僞體親風雅」（〈戲爲六絕句〉）等，則是有關學習體製、體式的部分。自六朝以來，某位作家成就爲某某體，而後人即習其體，已成通例。杜甫期冀學者能「後賢兼舊制，歷代各清規」（〈偶題〉），就是要大家從學習這些體製中去發展新風格。翻開李商隱詩集，商隱〈河清與趙昆季讌集得擬杜工部〉〈杜工部蜀中離席〉即效杜甫體者。另有〈效徐陵體贈更衣〉〈又效江南曲〉〈齊梁晴雲〉〈無愁果有愁北齊歌〉〈擬沈下賢〉〈效長吉〉也都是擬體。李商隱正是因爲善於擬學，「後賢兼舊制」，故能自成一

格，歷代各清規，成就義山體，成爲後人效擬的對象。宋之西崑、後世無數之無題詩、晚清之西磚酬唱，均爲義山體之裔孫。

杜甫又另有「精熟文選理」（〈宗武生日〉）「讀書破萬卷，下筆如有神」（〈奉贈韋左丞丈〉）之說，強調詩文要好，須從讀書窮理中來。後世對此，亦多承流接響者。如黃山谷，《艇齋詩話》說他「得句法於謝師厚，得用事於韓持國」，似由上述第一條進路學杜者；然而山谷自述，則謂：「詩詞高勝，要從學問中來。後來學詩者，雖時有妙句，譬如合眼摸象，隨所觸體得一處，非不即是，要且不是」（〈漁隱叢話前集·卷四七〉）「若（楊大年）更屏聲色裘馬，使胸中有數百卷書，便不愧文與可矣」（〈文集·卷廿七〉）。這就是積學讀書之說了。

這三種路線，也可能非分列的三路，而會變成結構的關係。例如說以讀書積學爲本，本得則末（體製句法）自然就能妥善云云，論者各有輕重軒輊於其間。

但無論怎麼論學，這些學都是對才性的修飾磐治，如《周書·王褒庾信傳論》說：「若乃墳索所記，莫得而云。典謨以降，遺風可述。是以曲阜多才多藝，鑒三代以正其本；闕里性與天道，修六經以維其末」，研賾經籍，乃是修飾甚或矯正才性之道。修飾，謂才不夠好，要靠學來加強；矯正，謂才不夠好，要靠學來修正。

例如白居易批評李白：「李之作，才矣，奇矣，人不逮矣。索其風雅比興，十無一焉」（〈與元九書〉）。言下之意，就是說李白倘能深入經義，明白詩的風雅比興之義，詩就可以更好。中唐時期已流行這種觀念，主張「以學養才」，所以梁肅〈常州刺史獨孤君集後序〉說：「文之興廢視世之治亂，文之高下視才之厚薄」，才

薄者如何使之厚？「以易之精義、詩之雅訓、春秋之褒貶屬之詞，故其文寬而簡、直而婉、辯而不華、博厚而高明」。柳冕也說：「六藝之不興，教化之不明，此文之弊也。噫！文之無窮，而人之才有限，苟力不足者，強而為文則蹶」（〈答衢州鄭使君論文書〉），人之才力有限，須深入六藝方能肆應無窮，故又曰：「聖人養才而文章生焉」（〈答楊中丞論文書〉）。

韓柳古文運動，就很發揮此義。他們論文，先說盡才。皇甫湜〈答李生第一書〉：「足下以少年氣盛，固當以出拔為意。學文之初，且未自盡其才，何遽稱力不能哉？」才力才氣須充盡發揮之，此即盡才之意。但才力才氣同時也是須要學養輔翼充實修飾提升之的。此即以學養才之說。

這種學，有時他們會從造語修辭上講，如李翱〈答朱載言書〉闡述韓愈「唯陳言之務去」的方法說：「假令述笑哂之狀，曰莞爾，則《論語》言之矣。曰啞啞，則《易》言之矣。曰粲然，則穀梁子言之矣。曰攸爾，則班固言之矣。曰輾然，則左思言之矣。吾復言之，與前文何以異？此造言之大歸」；柳宗元教杜溫夫作文說：「但見生用助字不當律令，惟以此奉告：所謂乎、歟、耶、哉、夫者，疑辭也。矣、爾、焉、也者，決辭也。今生則一之，宜考前聞人所使用，與吾言類且異，慎思之則一益也」（《集·卷三四》）。此皆是學，皆是須博考舊籍乃能合乎文律者。但古文家論學，並不止於此，更要從讀書治心方面來說養，韓愈〈答李翊書〉謂：「不可不養也，行之乎仁義之途，游之乎詩書之源。……氣，水也。言，浮物也。……氣盛則言之短長與聲之高下者皆宜」。也就是說，為文本於才氣，但氣不是天生就盛的，須靠讀書治心來養氣。

　　如此論文，當然是重學甚於才的。對此，論者也當然不盡同意，如裴度〈寄李翱書〉就說：「文者，聖人假之以達其心。心達則已。……又何必遠關經術，然後騁其才力哉？」劉昫《唐書·蘇味道李嶠諸人傳論》也說：「才出於智，行出於性。故文章之巧拙，由智之淺深也。……智性稟之於氣，不可使之強也」，其〈文苑傳序〉更說：「如燕許之潤色王言、吳陸之舖張鴻業、元稹劉蕡之對策、王維杜甫之雕蟲，並非肄業使然，自是天機秀絕，若隋珠色澤無暇淬磨，孔璣翠羽自成華彩」。

　　這是重提才性論，謂文本於才性，與學無關。但是北宋文風，上接杜甫韓愈，斯時風氣，終究是偏於學而不偏於才的。故文家如蘇轍，對劉昫之言下了一個轉語，云：「文不可以學而能，氣可以養而致」。所以論文，仍兜回到韓愈的讀書治心以養氣之途。文家尚且如此，道學家就更強烈了。

　　劉壎《隱居通議》曾說：「永嘉有言：『洛學起而文字壞』，此語當有爲而發」（〈卷二·合周程歐蘇之裂條〉）。道學家未必反對文采，像周敦頤即說：「美則愛，愛則傳。……故曰言之不文，行之不遠」（《通書·文辭》），反對的只是「不知務道德而第以文辭爲能者」而已。程伊川兄弟之洛學則不然，竟從濂溪之說再進一步走到反對作文的地步：

　　　　今之學者有三弊：一溺於文章、二牽於訓詁、三惑於異端（《二
　　　　程遺書·卷十八》）。
　　　　問：「作文害道否？」曰：「害也。……古之學者惟務養情
　　　　性，其他則不學。今爲文者專務章句，悅人耳目」（同上）。

以博聞強記、巧文麗辭爲工，榮華其言，鮮有至於道者（伊
川文集四·顏子所好何學論）。

子弟之輕俊者，只教以經學念書，不得教作文字（《語錄》）。

學者先學文，鮮有能至道。至如博觀泛濫，亦自爲害（同上）。

這些言論都旗幟鮮明地反對學者作文章。這是由才入學，既而以學
反才，乃至根本反對文的型態，伊川便以「某素不作詩」（《遺書·
卷十八》）自負。如此論學，難怪葉適會說「洛學起而文字壞」了。

洛學在人性論上，也特別針對才的問題，冀圖矯正。原先在《孟
子》學中，性善、才亦善。伊川始將才與性分說，謂性善而才不善。
才指氣、指氣質，學的主要目的，就是要「變化氣質」。這個哲學
立場，當然也使他不喜歡且不推崇文人才子，認爲才氣發越者其實
均是須要礱治矯正的對象，應予變化改造。《近思錄》卷十一載伊
川感慨：「天下有多少才，只爲道不明於天下，故不得有所成就」。
依他看，不能成就的主要原因，第一就是有才者多溺於文辭。在北
宋的政局中，洛黨與以蘇東坡爲首的蜀黨相處不和睦，彼此爭鬩，
就與伊川這個態度有關。

但兩者卻又是殊途而同歸的。道學家批判才性、反對作文作
詩；文家又強調讀書養氣，整個時代自然就顯得重學而輕才了。宋
代比起魏晉南北朝隋唐，學的意味無疑更要重些。魏了翁〈浦城夢
筆山房記〉云：「夫才命於氣、氣稟於志、志立於學」（《鶴山集·
卷四九》）、眞西山〈志道字序〉說：「昔者夫子以天縱之聖，猶
必十五而志於學。蓋志者進德之基，若聖若賢，莫不發軔乎此志之
所趨」，都體現了不恃才而重學的態度。天資之美、才氣之盛，古

所咨嗟贊美之者，此時已不復以爲貴，甚且成爲負面的東西，僅以學之醇駁爲念了。

由「才」發展出「學」的觀念，以輔才之不足；然後再由「以學養才」發展到「以學反才」或廢才的地步，可說是一異化的過程。才與學成了相對之二事。至嚴羽《滄浪詩話》出，始謀求辯證的綜合，說：「詩有別才，非關書也。詩有別趣，非關理也。然非多讀書多窮理則不能極其至」。

此說反對當時人「以文字爲詩、以才學爲詩、以議論爲詩」。以文字爲詩，指講修辭、造語、句法、聲律者。以才學爲詩，指賣弄學問、擅使事用典、無一語無來歷者。以議論爲詩，指文以載道、喜說道理者。故這是以才爲主的辯證綜合，而非以學爲主的。綜合之後，依然強調詩應「不涉理路，不落言荃」。

第三章　才與學遞勝：金元明

才性論在文學批評史上的發展，到此可說完成了一個理論的周期。由才性而說文體、文術，並由文體、文術而講學養。馴致重學重法，漸至廢才輕藝，其後再合才與學。

嚴羽同時的金朝風氣亦略近於此。劉祁《歸潛志》載李屏山云趙閑閑：「才甚高，氣象甚雄，然不免有失枝墮節處，蓋學東坡而不成者」；又說李屏山論詩頗粗，只論詞氣才巧，不如其論文能詳說關鍵賓主抑揚（均見卷八）。可見當時持論以才爲主，而欲以學爲輔也。《元遺山詩集》徐世隆序曰：「文之爲物，何物也？造物者實靳之不輕畀人。何哉？蓋天地間靈明英秀之氣，萃聚之多、蘊蓄

之久，挺而爲人，則必富於才、敏於學、精於語言、能吐天地萬物之情，極其變而爲之雅」，黃選余序曰：「（遺山）至本朝，才名益甚，四方學者執羔雁無虛日」，以及大德碑本遺山先生墓銘說：「氏天才清贍，邃婉高古……挾幽并之氣，高視一世」，都表現了重才的傾向。在此傾向中，士非不論學，但學是安放在才之下，且做爲才氣之表現之一端，或用以輔弼才氣的。文本於天才之說，自唐代中葉以來久矣不復聞之，今乃復現於江湖。

循此而往，明初文論，遂也有重才之勢。

以宋濂爲例。濂論文重心不重法，云：「三代無文人，六經無文法。無文人者，動作威儀人，皆成文。無文法者，物理即文，而非法之可拘也」（〈曾助教文集序〉）「文者，果何由而發乎？發乎心也。心烏在？主乎身也。身之不修而欲修其辭，心之不和而欲和其聲，……決不可致矣」（《文說》）。如此論文，自然不重修辭等法，只強調修身寫心，謂有聖賢之心才能有聖賢之文。

由於他論修身、論聖賢，故常使人誤以爲這是道學家或古文家的講法，其實不然。因爲他是以才說聖賢的：

> 才，體也。文，其用也。天下萬物，有體斯有用也。若稽厥初，玄化流行，品物昭著，或洪或纖，或崇或卑，莫不因才之所受而自文焉，非可勉強而致也。……有一人之人，有十人之人，有百人之人，有千萬人之人，有億兆之人，其賦受有不齊故其著見亦不一而足。所謂億兆之人，聖人是也。千萬之人，賢人是也。百一之人，眾人是也。眾人之文不足論。賢人之文，則措之一鄉而準，措之一國而準，措之四海而準。

聖人之文，則斡天地之心、宰陰陽之權、掇五行之精，無鉅
弗涵、無微弗攝。……蓋其所稟者盛，故發之必弘；所予者
周，故賅之必備。嗚呼！此豈非體大而周宏者歟？（《宋學
士全集·七·靈隱大師復公文集序》）

以才論聖人，乃是古義。但後世已漸偏於從道德修養上說。宋濂重
提古義，上紹劉劭《人物志》。由氣稟說才，由才說聖賢，而亦由
才論文章。且謂才稟不同者，非可勉強。它的一些話頭，如體用、
實大聲宏云云，固然有古文家乃至道學家之氣味；但這是經古文運
動及洛閩理學洗禮後，重新回返才性論格局的說法，與理學家的聖
人觀也南轅北轍。

　　據《四庫提要》說，明初桑悅（一四六七～一五〇三）著《桑子
庸言》，其集中「有〈道統論〉一篇，云夫子傳之我。又〈學以至
聖人論〉云我去而夫子來。可謂肆無忌憚」（卷一二四）。這位桑悅，
《藝苑卮言》說他「好為大言，不自量時。銓次古人，每以孟軻自
況」。往謁部使者時，「書刺曰：『江南才子桑悅』，使者大駭」
（卷六）。這位先生，乃一狂生，以才子自命，但他同樣是受理學
古文洗禮過的才子，因此他也作〈道統論〉〈學以至聖人論〉、也
自擬孟軻。但整個人的氣味卻不是道學家，而是才子。這樣與宋濂
同時代的人物，很能說明宋濂之持論為何如此。宋濂曾為楊維楨撰
墓誌銘。楊氏於元末，便有「文妖」之稱，論詩先情性而後體格，
其人亦狂怪，「酒酣以往，筆墨橫飛，或戴華陽巾，披羽衣，坐船
屋上吹鐵笛」（〈明史·本傳〉）。此類才子氣，想必宋濂是頗能感
會的。

　稍晚於宋濂的方孝孺，也同樣重才輕學，《遜志齋集》卷十二
〈蘇太史文集序〉說：「莊周之著書、李白之歌詩，放蕩縱恣，惟
其所欲，而無不如意。彼豈學而爲之哉？……今之爲文者，竭智巧
以學之，而不得其意，故其文非拘則腐，非誕則野」。完全不認爲
文學創作可以學得來。這是中唐以迄宋末長期重學之後一篇非常重
要的文獻。更重要的是〈張彥輝文集序〉。此文與《文心雕龍·體
性篇》非常相似，都是說文章風格與人之才性相符：

　　　文章……實與其人類。……司馬遷豪邁不羈、寬大易直，故
　　其文萃乎如恆華、浩乎如江河，曲盡周密，如家人父子語，
　　不尚藻飾而終不可學。司馬相如有俠客美丈夫之容，故其文
　　綺曼嬌都，如清歌繞梁，中節可聽。賈誼少年意氣慷慨，思
　　建事功而不得遂，故其文深篤有謀、悲壯矯許。揚雄齗齗自
　　信、木訥少風節，故其文拘束愨願。……子厚爲人精緻警敏，
　　習之志大識遠，元賓激烈善持論，故其文皆類之。

本文長二千餘字，宏闡體性，可謂洋洋灑灑，所謂「文與其人類」，
指文章與其人相似。這個人是什麼樣，描述的方法，固然不再只從
才性上說，而是綜括其性氣志業而言之，故與《文心雕龍》不同，
但大體上仍是才性的。如司馬遷豪邁不羈、司馬相如有俠客美丈夫
之容、楊雄木訥、陶潛「沖曠天然之資」、柳宗元精警、歐陽修持
重等等，均以天資爲主，且明言「終不可學」。因爲「其形人人殊，
聲音笑貌人人殊，其言固不得而強同也」。

　金元以迄明初這種重新正視才而輕忽學的風氣，到了七子繼

起，才又遭到挑戰。七子講法古，學唐學杜學秦漢，恰是重才而不重學之反動。李夢陽〈駁何氏論文書〉說：「古之工，如倕如班，堂非不殊，戶非同也，至其為方也、圓也，弗能捨規矩，何也？規矩者，法也。僕之尺尺而寸寸者，固法也」。跟宋濂方孝孺所著重者恰好相反。

　　李夢陽〈答周子書〉又說：「文必有法式，然後中諧音度。如方圓之於規矩」（空同文集・卷六一）。法式是由古人作品中研究歸納而來的，故學法實即取法於古人。《四友齋叢說》引顧東橋述李夢陽語・謂：「作詩必須學杜。詩至杜子美，如至圓不能加規，至方不能加矩矣」，正符此義。同時王廷相〈與郭价夫學士論詩書〉云：「工師之巧，不離規矩，畫手邁倫，必先擬摹。風騷樂府，各具體裁；蘇李曹劉，辭分異域。欲擅文囿之撰，須參極古之遺，調其步武，約其尺度，以為我則」（《家藏集・卷二八》），亦是所謂「摹體以定習」。

　　重才之風，至此一挫，世又紛紛以學以法為主了。

　　然而，從前七子到後七子，論調不是沒有變化的。後七子中，徐禎卿便不顯法而顯才，論詩則云：「因情以發氣，因氣以成聲，因聲而繪詞，因詞而定韻。然情甚窈渺，必因思以窮其奧。氣有粗弱，必因力以奪其偏。詞難妥貼，亦因才以致其極」（《談藝錄》）。王世貞等也時時論才。故李維楨〈宋元詩序〉云：「頃自二三大家王元美、李于鱗、胡元瑞、袁中郎諸君以為有一代之才即有一代之詩，何可廢也？」（《大泌山房集》卷九）一代有一代之詩，是針對前七子所謂「詩必盛唐，文必秦漢」而發，反對懸一文體風格以為標準，鼓勵每個時代人盡其才去創作。

　　這個講法，王世貞已開其端，他序愼子正《宋詩選》時說：「余故嘗從二三子後抑宋者也。……余所以抑宋者，爲惜格也。然而代不能廢人、人不能廢篇、篇不能廢句，蓋不止前數公而已。此語於格之外者也」（《弇州山人續稿》卷四一）。其後，茅一相題王世貞《曲藻》後遂云：「夫一代之興，必生妙才。一代之才，必有絕藝。春秋之辭命、戰國之縱橫，以至漢之文、晉之字、唐之詩、宋之詞、元之曲，是皆獨擅其美而不得相兼」。七子本來只標一「高格」以供習學，現在則都能注意到格之外還有一些東西，這就是風氣之變。

　　用李維楨的講法來說，此乃在格之外，也關注到了才的問題。當時胡元瑞也有此說，云：「俊爽若牧之、藻綺若庭筠、精深若義山、整密若丁卯，皆晚唐錚錚者。其才則許不如李、李不如溫、溫不如杜。今人於唐，專論格不論才。於近，則專論才不論格。皆中無定見而任耳之過也」。此說一方面直接以才品鑒作家，一方面批評當時已興起的論才不論格之風。由其批評，我們便可以知道他自己是希望才格能夠兼顧的。

　　他的一些話，例如：「偏精獨詣，名家也。具範兼鎔，大家也。然又當視其才具短長、格調高下」「唐人才超一代者，李也。體兼一代者，杜也」「李杜兩家，其才本無優劣，但工部體裁明密，有法可尋；青蓮興會標舉，非學可至」「作詩大要不過兩端：體格聲調、興象風神而已。體格聲調，有則可循。興象風神，無方可執。……故法所當先，而悟弗容強也」等，都是兼說才與格。才具／格調、才／體、興會／體裁、興象風神／體格聲調、才／學、悟／法，兩者並提，只不過強調法在學習上的優位性罷了。

　　學習上的優位性，並不等於創作上的優位性，故從創作上看，

格調反而可能是由才生出來的。王世貞《藝苑卮言》卷一就說：「才生思，思生調，調生格。思即才之用，調即思之境，格即調之界」。

如此論才調，直可謂已逗啓晚明之漸了。後來屠隆云：

> 古今之人，才智不甚遼絕，殫精竭神，終其身而爲之，而格以代降，體緣才限，……其心蓋人人有之；而賦才既定，骨格已成，即終身力爭，而卒莫能改其本色、越其故步而止。以精工存乎力學，而其所以工者非學也。以超妙存乎苦思，而其所以妙者非思也。三唐之不能爲六代，亦猶六代之不能爲三唐。五七言近體之不能爲十九首，亦猶十九首之不能爲五七言近體。徐庾之不能爲陶韋，亦猶陶韋之不能爲徐庾。……故雖小道，亦有不可強而能者（《白楡集·卷三》）。

即可視爲王世貞說法的發展，全從才說，而把格也併入才的範疇。說「五七言近體」「十九首」等體、「六代」「三唐」等格，也都像才一樣，天賦已定、骨格已成，就不可能改變了。李維楨說當時各家常論「有一代之才便有一代之詩」，此即其中之一。

李維楨本人之持論亦屬此類。〈亦適編序〉曰：「格由時降，而適於其時者善。體由代異，而適於其體者善。乃至才，人人殊矣，而適於其才者善。孟韋之清曠、沈宋之工麗，不相入而各撮其勝，貪而合之則兩傷矣」（《大泌山房集·卷廿一》），論調與屠隆甚爲近似。

這是從七子重學重法，轉到重學而不廢才，再轉到才學兼說而以學爲先，再轉到以才爲主、以學爲輔。所以李維楨說：「夫有別

才別趣，則必有正才正趣，理學何所不賅，寧分別正？」「理之融
洽也，趣呈其體；學之宏博也，才善其用。才得學而後雄，得理而
後全。趣得理而後超，得學而後發」（《集卷一三一·郝公琰詩跋》）
「詩文雖小道，其才必豐於天而其學必極於人。就其才之所近而輔
之以學，師匠高而取精多，專習凝領之久，神與境會，手與心謀，
非可襲而致也」（《集十一·張司馬集序》）。以才為主、以學為輔，
頗似《文心雕龍·事類》所謂：「才為盟主，學為輔佐」之聲口。

李氏又說：「文章之道，有才有法。……法者，前人作之，後
人述焉，猶射之彀率、工之規矩準繩也。知巧，則存乎才矣。……
所貴乎才者，作於法之前，法必可述。述於法之後，法若始作。游
於法之中，法不病我。軼於法之外，我不病法。擬議以成其變化，
若有法，若無法，而後無遺憾」（《集十一·太函集序》），仍然兼
說才與法，但顯然已與胡元瑞不同，才先於法，也高於法了。

公安派袁氏兄弟早年之說，即似於此。袁小修謂中郎論詩「以
意役法，不以法役意，一洗應酬格套之習。……至於今天下慧人才
士，始知心靈無涯，搜之愈出，相與各呈其奇而互窮其變，然後人
人有一段真面目溢露於楮筆之間」（《珂雪齋集·三·中郎先生全集序》）
云云，即此類也。

錢酉山《西廂記改本·自序》說文章是：「古之才人，觸乎心，
動乎情，發而為文章，其變幻離奇，不可方物，儼若天造地設、鬼
斧神工」，顯然亦已完全從才的角度去說文學創作。此時非不論法、
不論學，但以意役法而不以法役意已成新時代風氣。「所貴乎才者，
作於法之前，法必可述」，後來金聖嘆選《莊子》《離騷》《史記》
《杜詩》及《西廂》《水滸》為六才子書，予以批評，表現的正是

這個態度。法是收攝在才之下的。才人吐屬，心光識力都高於一般人（金批西廂，序一曰慟哭古人，謂「古人則且有大過於我十倍之才與識」），而其才華之表現，即在於其錦心繡口之文采。其文采之妙，在於有「文機活趣」。後人爲文，則應效法其所爲。故有才者創法，表現出文法，其法可得而述。金批就致力於述明此等文法。

經他闡述之文法，有烘雲托月、排蕩、明攻棧道暗渡陳倉、淺深恰妙、設身處地、龍王掉尾、移堂就樹、月度迴廊、羯鼓解穢、正反婉激盡半、作文最爭落筆、寫景是人、那輾、筆墨加一倍法、鏡花水月、一幅作三幅看、得過便過、空中樓閣、曲折、生葉生花、掃花掃葉、三漸三得、二近三縱、抑揚頓挫、補筆、用一層有兩層筆墨、應接連處不接連、不應重沓處又重沓……等（第六才子《西廂·凡例》）。這種闡發，並非偶然一人如此。晚明清初有一大批評選之書，名家孫月峰及一大堆掛名冒牌某某名公才子之批選，都在說法。詩法文法，圈識批點，蔚爲時尚。金聖嘆的批選，即承此流脈者。此類講說文法之書，與從前七子時代之說法，有什麼不同呢？這就是不同之所在！才與法的關係，已然逆轉，遂使這個時代成了個重視才情的時代。

竟陵派出現於這個時代，故亦云：「詩隨人皆現，才觸情自生」（《譚友夏合集·卷九·江子戊己詩序》）。

竟陵論才情，又喜歡用「性靈」來描述。「獨抒性靈，不拘格套」本是袁中郎語，可是竟陵偏好以靈心來說才。認爲才子之才，與一般人不同，在於它格外靈慧，因此鍾惺〈與高孩之觀察書〉說：「從古未有無靈心而能爲詩者。厚出於靈，……保此靈心，方可讀書養氣以求其厚」（《隱秀軒·文往集·書牘一》）。這當然不是竟陵

一派獨得之見，除了公安派之外，像湯顯祖就曾說：「天下文章所
以有生氣，全在奇士。士奇則心靈，心靈則能飛動，能飛動則下上
天地、來去古今」（〈序丘毛伯稿〉）「余謂文章之妙不在步趨形似
之間，自然靈氣，恍惚而來，不思而至，怪怪奇奇，莫可名狀」（〈合
奇序〉），以靈形容創作者無以名狀的創造力，正如今人習慣說「靈
感」，乃是晚明一時風氣。只不過竟陵派對此頗予發揮，竟成宗旨
標幟，所以才惹得錢牧齋反唇相稽道：「世之論者曰：鍾譚一出，
海內始知性靈二字。然則鍾譚未出，海內之文人才士皆石人木偶
乎？」（《列朝詩集小傳·丁·中》）。

　　因對才的重視，而帶出了關於性靈的各種說法之外，情的重視
亦與才有直接關聯。

　　鍾惺就說過：「作詩者一情獨往，萬象俱開」。此與古代單純
說詩本抒情者不同，是因為古代說情，往往只從「情動於中」說，
或自然氣感、或因事觸懷、或因景生情，於是形諸言詠；否則即由
性說，謂性靜情動，故應發而中節，得其性情之正。如今說「一情
獨往，萬象俱開」，則是放在「才觸情自生」之下說的。也就是由
才生情，情本於才。

　　前舉錢酉山語，已云：「古之才人，觸乎心，動乎情，發而為
文章」，鄭鵬舉序《西廂》亦曰：「古今來名人才士，往往寓意於
其間者，非以日月星辰、山川草木為天地之妙文妙景，而為情之最
真者耶？」譚友夏〈批點想當然序〉更說：「忠孝俠烈之事，散見
於經史，而情麗獨歸之曲，……一經才人手筆，以文代辭，以理溯
事，合眾人之喜怒。……有名人女子，終身情性所結，覆匿昏迷，
宛轉自度，不幸而遇俗子，以刀馬扁鼓傳之；或遇不讀書、不靜悟

之人，加以惡詩俚句，……令人痛惜徘徊，歸咎於作者之不善也。……此中人孰能以一點豔根，化爲百千字句，不許一字不靈、一句不肖，全四時之氣、草木之情、意外不相干涉之人，盡爲佐使乎？」何璧校本《西廂記》序又云：「情有四種，而多情則爲才子佳人，情之剛處爲俠，情之玄虛則爲仙，情之空處則爲佛」。

　　這類言語，俯拾即是，大抵謂才子多情，也最擅爲情。其才發動表現爲情，同時也見於文章。

　　古說才情，與才思、才藻的用法相似，是說有思致之才、有文藻之才、有抒情之才。現在則將情納入才性論中，云情由才出，因才有情，才人即是情種。才情或情字，至此遂都有新的意義。「是知情緣交合之地，非才子佳人……不能也」(《情癡子·明珠記·序》)。

　　當時戲曲小說寫情，會逐漸以才子佳人爲主要表現對象，即生於此種思想狀況中。甚且，才與情也因此而有了存有論上的意義。《冰絲館重刻還魂記》快雨堂序說：「風雲月露，天之才也。山川花柳，地之才地。詩詞雜文，人之才地。此三才者，互古至今而不易，推遷變化而弗窮」。天地人三才，過去是由天文地文人文講，如《文心雕龍·原道》。文即是道，既存有又活動。現在則從才說，才成爲道，道散於天地人，故互古今不易，推遷變化弗窮。同理，情既是才之用，當然也可以說盈天地皆情，「宇宙一大奇觀也，一大情史也」(《情癡子·上引文》)。才子佳人小說戲曲中常說的「有情天地」「情天」等詞語，亦即因此而出現、而漸流行了。

第四章　才與學的爭抗與融合：清

　　由金元以迄明初之重才，到中葉有七子崛起，以法相矜，然後逐漸轉變而成重才情，似乎即是元明幾百年的軌跡。但我們不要忘了，晚明是個複雜的時代，重才之風固爲一時新貌，卻無籠罩全局之勢。有湯顯祖之矜才情，便有沈璟之講格律與之相對，論者依違於其間，多以「守詞隱先生之矩矱，而運以清遠道人之才情」（呂天成，〈曲品・卷上〉）自解。詩壇同樣也由七子派與竟陵派中分天下。才情氣力，未必遽能一新壁壘，反對者其實也很不少。

　　可是反對者也並不是以法以學來反才反情那麼簡單，讓我們來看看鹿善繼的〈企華亭詩集序〉：

> 聞説詩者「詩有別趣，非關理也。詩有別才，非關學也」，……余初不解禪，何能參悟？只據孔聖家法，有興觀群怨、事君事父之説在。……詩以道性情，而性情正六經之所根以爲用。興觀群怨，性情備矣。……天下何子不爲事父，何臣不爲事君，而必先以興觀群怨，則詩之實用可知。……必於理外覓別趣、學外覓別才者，其所謂理與學，非其至也。……夫雅者淫之砭也，眞者贋之針也。晚近詞人，風逸興冷，婉逗微含，率不離淫。……定砭淫鍼，又非才迂趣腐者所能操其權。余喜借轊若之才之趣，恢復三百篇之宗統（《三歸草・卷一》）。

這不是反對才，而是說才不應與學和理分立，唯有與理和學相結合

之才乃是眞才。其次，則上推《詩經》，而以興觀群怨說詩。

　　早在徐渭時，即曾以興觀群怨論戲曲（《成裕堂繪像第一才子書琵琶記》卷一引）。李卓吾也說過：「孰謂傳奇不可以興，不可以觀，不可以怨乎？」（焚書·卷四·雜述）。其後祁彪佳〈孟子塞五種曲序〉亦有此說。故鹿善繼提出興觀群怨以矯詩有別才別趣之說時，並非提出一個才與情的對立者來反對它。而是對才與學、趣與理有新的綜合處理。

　　類似的例子是王船山。船山很瞧不起才子，說：「詩文立門庭，使人學己，人一學即似者，自詡爲大家、爲才子，亦藝苑教師而已」（《薑齋詩話·卷下·廿九》）「門庭一立，舉世稱爲才子、爲名家者有故。……舉世悠悠，才不敏、學不充、思不精、情不屬者，十姓百家而皆是」（同上·三一）。但這並不是反對講才，因爲世所謂的才子，其實並非眞有才者，反而是拘於法者。什麼人方能不拘於法呢？船山指出了一些，如「太白胸中浩渺之致，……一失而爲白樂天，本無浩渺之才，如決池水，旋踵而涸」（同上·十三）「情中景尤難曲寫，如『詩成珠玉在揮毫』，寫出才人翰墨淋漓，自心欣賞之景」（十四）「子桓天才駿發，豈子建所能壓倒耶？」（三十）「排比句一入其（曹丕）腕，俱成飛動。猶夫駘宕句入俗筆，盡成滯累。於是乃知天分」「於景得景易，於事得景難，於情得景尤難。……子建而長如此，即許之天才流麗可矣」「（張華）天才如此，乃可問津此道」「（鮑照）行路難諸篇，一以天才天韻吹宕而成，獨唱千秋」（均見《古詩評選》卷一）這些評語，都表示了他論詩仍是以才爲主的。

　　依船山之分判，詩人分爲二類，一是有才情的，這種作家揮灑

自在，其法乃活法；另一種則僅能依死法呆做，而此類人又有數等：
「建立門庭，已絕望於風雅。然其中有本無才情，以此爲安身立命
之本者；如高廷禮、何大復、王元美、鍾伯敬是也。有才情固自足
用，而以立門庭故自桎梏者，李獻吉是也。其次則譚友夏亦有牙後
慧」（四一）。這其中，當然是有才情者較勝。

詩人有無才情，從什麼地方最容易看出來？船山認爲是七絕：
「此體以才情爲主。……才與無才、情與無情，唯此體可以驗之。
不能作五言古詩，不足入風雅之室。不能作七言絕句，直是不當作
詩」（三八），言下之意，才情爲創作之靈魂。

船山之說如此，似與鹿繼善相反矣，然而他亦以興觀群怨說
詩。《薑齋詩話》卷上第一則就說：「『藝苑之士，不原本於三百
篇，則爲刻木之桃李』，第二則進而說：「詩可以興、可以觀、可
以群、可以怨』，盡矣。辨漢魏唐宋之雅俗得失以此，讀三百篇者
必此也」，卷下第一則也說：「興觀群怨，詩盡於是矣」。可見其
宗旨所在。

但船山的興觀群怨，不是從性上說，而是從才情上說的：「可
以者，隨所以而皆可也。於所興而可觀……於所觀而可興……以其
群者而怨……以其怨者而群……出於四者之外，以生起四情；遊於
四情之中，情無所窒。作者用一致之思，讀者各以其情而自得。……
人情之遊也無涯，而各以其情遇，斯所貴於有詩」。作詩者以情發，
讀詩者以情遇，此即其所謂興觀群怨。可以興可以觀者則爲才，才
出於四情之外，以生起四情；又遊於四情之中，使無拘泥。船山曾
說：「畫地成牢以陷人者，有死法也。死法之立，總緣識量狹小」
（下・十三），指的就是才。有時也用心靈、神理、興會來形容。

　　由於船山之說如此，所以我們會發現：許多理學家、經學家講詩本性情、詩應興觀群怨、詩應發乎情止乎禮義時，是以「性情之正」為鵠的，而抑才抑情、重學重禮重法的。船山則不然。同樣的，鹿善繼說詩須關學關理，旨在興觀群怨時，也非要由重才情這一面，矯至另一面。他認為才迂趣腐者根本不可能達此宗旨，唯有才有趣者方能恢復三百篇之宗統，故其〈儉持堂詩序〉說：「神智才情，詩所探之內境也。山川草木，詩所借之外境也」。

　　換言之，晚明清初，有重才情者，也有論法論學論興觀群怨者。但才與法非徒相對者而已，乃是由才生法。鹿善繼、王船山均是如此，錢牧齋也是如此。牧齋論文，本於人之靈心：「文章者，天地英淑之氣，與人之靈心結習而成者也」（《初學集・三一・李君實恬致堂集序》）。但牧齋反對嚴羽之說，主張詩文應通經汲古也是非常著名的。

　　侯方域《壯悔堂文集》卷一〈倪涵谷文序〉說：「天下之真才，未有肯畔於法者。凡法之亡，由於其才之偽也」，亦是如此。由才生法、以才運法，其言曰：

> 所謂馳騁縱橫者，如海水天風，渙然相遭，噴薄吹盪，渺無涯際，日麗空而忽黯，龍近夜以一吟，耳憯兮目眩，性寂乎情移。文至此，非獨無才不盡，且欲捨吾才而無從者，此所以卒與法合。……所以能扶質而御氣者，才也。而氣之達於理而無雜揉之病，質之任乎自然，而無緣飾之跡者，法也。

盡才則合法。這個「法」就會如船山所說，乃活法而非死法。同時

有魏禧、魏際瑞兄弟，好言法，似與侯氏不同，但其言法也是由才由情上說，故魏際瑞詩集名《有情集》，序云：「情者天地之膠漆」（《伯子文集·卷一》），又說：「所以爲文者非他，則情是也」（〈答友人論文書〉）。而魏禧則認爲：「氣之靜也，必資於理，理不實則氣餒，其動也挾才以行，才不大則氣狹隘。然而才與理者，氣之所憑，而不可以言氣」（《魏叔子文集·卷八·論世堂文集序》）。把古人所分的才與理合起來說，且謂二者均爲氣之憑藉。依此說，則可說是文本於情而據其才，才情所發，乃成其法。這個時候，法就不是規範、限定、繩律了：

> 余嘗與論文章之法。法，譬諸規矩。規之形圓、矩之形方，而規矩所造，……一切無可名狀之形，紛然各出。故曰規矩者，方圓之至也。至也者，能爲方圓、能不爲方圓、能爲不方圓者也。……故曰：變者，法之至者也。此文之法也（《魏叔子文集·八·陸懸圃文序》）。

從理論上說，法是規矩，圓規方矩能造各種形狀之物，但此類所造物並非法。魏禧卻偏由此硬掰，說那些可方可圓可橢圓可彎折之法即是「法之至」。於是法由規矩一變而成了變化，變才是法。而「生動變化，則存乎其人之神明」（《文集·五·答計甫草書》）。如此言法，豈非亦以才生法乎？彼述其兄伯子語曰：「不由規矩，巧力所到，亦生變化。既有變化，自合規矩」（《文集·八·伯子文集序》）。思路殆亦如此。

然而，由才生法，法的討論越來越多後，對才與法的關係及重

視程度卻逐漸發生了轉變。像後來姚鼐說：「文章之事，能運其法者，才也。而極其才者，法也。古人文有一定之法、有無定之法。有定者，所以爲嚴整也。無定者，所以爲縱橫變化也。二者相濟而不相妨，故善用法者，非以窘吾才，乃所以達吾才也」（《惜抱尺牘·三·與張阮林》），也仍然說由才生法。但是他的重點不在才、不在無定之法。恰好相反，他強調的是法。告訴人：要想達其才、盡其才，就須守法。

　　由侯方域、魏禧到姚鼐，我們便可看到這由才到法的滑動。風氣之變，於汪琬時已見端倪。汪氏〈答陳靄公論文書〉云：

> 諸子百氏大家名流……其文……莫不有才與氣者在焉。唯其才雄而氣厚，故其力之所注，能令讀之者動心駭魄。……而及其求之以道，則小者多支離破碎而不合，大者乃敢於披猖磔裂。……然後知讀者之驚駭改易，類皆震於其才、懾於其氣而然也，非爲其於道有得也（《堯峰文鈔·三二》）。

認爲以才氣爲文不足恃，可恃者在於「大家之有法，猶奕師之有譜、曲工之有節、匠氏之有繩度，不可不講求而自得者也」（同上）。

　　桐城派之講義法，即衍此思路。義者道也，法者言道之方法也。意若二者並重，而實以法爲主。觀劉大櫆姚鼐之說，均可證明這一點。姚鼐論學，分義理、考據、文章爲三，便明確說明了義理非文人所長，文章好壞也不在義而在法。其〈述庵文鈔序〉說：「學問之事，有三端焉。曰義理也、考證也、文章也。……夫天之生才雖美，不能無偏，故以能兼長者爲貴，而兼之中又有害焉。豈非能盡

其天之所與之量，而不以才自蔽者之難得歟？」（《惜抱軒文集·卷四》）利用才性論說人才各有所偏之後，與歷來這類論者相反的是：過去都是談兼才爲貴，他別說兼才固然好，但兼也可能彼此妨害，故不如各盡其才就好。也就是說，三者道不同不相爲謀，文章之士只要好好寫文章便是。

這是窘於才者的自飾之語。桐城古文家才華均不甚高，故持論亦如此以封疆自劃爲說，教人作文，則斤斤以法爲旨。所論在神氣、音節、抑揚抗墜、起滅轉接之間。此乃桐城之所以爲桐城，是以陳碩士有云：「格律聲色，古文辭之末且淺也。然而不得乎是，則古文辭終不成。……本朝則桐城之文非他人所能及，亦惟在於是爾」（《太乙舟文·卷五》）。陳氏另有一函與管異之，說：「古文辭傳之於世，必才與學兼備，而後能有成。才不可強能而學則可勉」（同上·卷五）。他一樣沒有雄心兼備才學，只打算在學這一部分努力。

同時代其他人倒不見得均如桐城派一般不講「兼」只講「別」。如戴震，同樣說：「古今學問之途，其大致有三，或事於義理、或事於制數、或事於文章」（《東原集·卷九》），但並不認爲人只要依其性之所近者發展便好，反而主張三者合一，且以義理、制數爲文章之本。

戴震非文學家，雖弟子段玉裁恭維他：「浩氣同盛於孟子，修辭俯視乎韓歐」（戴東原年譜），然其論文之語與所作之文皆少。論才之語，則亦非爲反對桐城等言法者而發，乃是針對程伊川。《孟子字義疏證》卷下「才」云：

　　據其爲人物之本始而言謂之性，據其體質而言謂之才。由成

性各殊，故才質亦殊。才質者，性之所呈也。捨才質，安睹
所謂性哉？……後儒以不善歸氣稟。孟子所謂性、所謂才，
皆言乎氣稟而已矣。……程子云：「性無不善，而有不善者
才也。性即理，理則自堯舜至於途人，一也。才稟於氣，氣
有清濁，稟其清者爲賢，稟其濁者爲愚」。此以不善歸才，
而分性與才爲二本。朱子謂其密於孟子，猶之譏孟子論性不
論氣不備，皆足證宋儒雖尊孟子而實相與齟齬。

程伊川等理學家不重才不重文，戴震反是。當日桐城派在思想上是
宗程朱的，因此戴震此說雖不針對桐城，卻曲折地反對了桐城之不
重才而重法。

　　另一位主張「義理不可以空言也，博學以實之、文章以達之，
三者合於一，庶幾哉」（《章氏遺書·二》）的是章學誠。講兼綜之
學者，總須要有點才情氣魄，故其理論也與戴震一樣重才。〈與周
永清論文〉說：「學問文章因天資之所良，則事半而功倍。強其力
之所不能則鮮不躓矣」「功力可假，性靈不可假」（《遺書·九》），
就是以才爲根本之說。

　　一般人或許看到了實齋「由風尚之所成言之，則曰考訂詞章義
理。由吾人之所具言之，則才學識也……考訂主於學、詞章主於才、
義理主於識。人當自辨其所長矣」（《遺書·九·答沈楓墀論學》）「非
識無以斷其義、非才無以善其文、非學無以練其事，三者固各有所
近也」（《文史通義·史德》）一類言論，會以爲實齋也是主張分、
主張人應各擇其性之所近者而爲之。其實不然。實齋說：「學有天
性焉，讀書服古之中，有人識最初而終身不可變易者是也。學又有

至情焉，讀書服古之中，有欣慨會心而忽焉不知歌泣何從者是也」
（《文史通義·博約》）。人的才性，在做學問過程中，起著決定性
的作用。依這個作用言，才學識都屬於才性。性偏於學者適合考證，
性偏於識者適合鑽研義理，若欲從事文學，則須有文學之才分。才
這個字，同時指這兩個層次，所以容易混殽。

以才爲本，並不表示實齋就反對學。他曾說：「文非學不立，
學非文不行，二者相須若左右手」（〈答沈楓墀論學〉）「詩文皆須
學問，空言性情畢竟小家」（《文史通義·詩話》），可見他也仍主
張要充實學問。但其所謂學，不是依一客觀規範法度去學，因此他
反對法，說：「古人文無定格，意之所至而文以至焉，蓋有所以爲
文者也。文而有格，學者不知所以爲文，而競趨於格，於是以格爲
當然之具而眞文喪矣」（《遺書·卷廿九·文格舉隅序》）。這「格」
就是一般所說的古文文法。實齋反對此類格例定法，但又要講學，
所以就改講「文理」以及「讀書養氣之功、博古通經之要、親師近
友之益、取才求助之力」（《文史通義·文理》）等等。

實齋之學，論者大抵認爲他長於才識而學問不足，其理論恰好
也呈現此一傾向。可是實齋最痛恨的人，卻不是篤於學問的考證家
或堅守義法的古文家，而是以才矜世的袁子才。

袁枚子才曾倣元遺山作論詩三十八首，中有云：「不相菲薄不
相師，公道持論我最知，一代正宗才力薄，望溪文集阮亭詩」，譏
嘲王漁洋與方苞都才力不足，正可以顯示他的想法。《隨園詩話》
卷十五云：「詩文自須學力，然用筆構思，全憑天分」，卷九又云：
「詩有音節清脆，如雲竹冰絲，非人間凡響，皆由天性使然，非關
學問」。此外，《外集》卷二〈李紅亭詩序〉也說：「才者，情之

發，才盛則情深。……苟非弇雅之才，難語希聲之妙」。這些，都足以體現其重才之意。其所謂性靈，事實上就是才的別名。

以性靈說才，晚明已然。性靈當然並不即等於才，它只是特指人才性中擁有的神秘靈動創造力、感通力，如隨園所云「既離性情，又乏靈機」（〈錢嶼沙先生詩序〉）的性情與靈機。這些靈機，有時也用韻、趣、神理等字來描述。在重視才的論者眼中，文學創作者若無此性情、靈機、韻趣（或其他種種名目，反正是指缺乏才分），便永遠做不出好詩文。像稍早的葉燮，就說詩人之本，在於才膽識力：「大凡人無才則心思不出，無膽則筆墨畏縮，無識則不能取捨，無力則不能自成一家，而且謂古人可罔、世人可欺，稱格稱律，推求字句，動以法度緊嚴，扳駁銖兩，……何嘗見古人之真面目，而辨其詩之源流本末正變盛衰之相因哉？」（《原詩一》）這才力膽識四者，其實乃是將才分解開來說。把才視為詩人之本，也視為詩史正變盛衰之主因，並謂「文章家只有以才御法而驅使之，決無就法而為法所役」（《原詩二》），實可謂袁枚之先聲。世多以為沈德潛詩學出於葉燮，殊不知其不然。從論詩主才這一點說，袁枚才是他的同調後勁。只不過，才太複雜，葉燮重視其中識、膽、力的部分，袁枚重視其中靈機的部分，故彼此持論遂有不同罷了。

重視靈機，故袁枚云：「筆性靈，則寫忠厚節義俱有生氣。筆性笨，雖寫閨房兒女，亦少風情」（《詩話補·二》）「人可以木，詩不可以木」（《詩話·十五》）「左思之才，高於潘岳；謝朓之才，爽於靈運。何也？以其超雋能新故也」（《補遺十》）。活、新、不笨，正其藼嚮之所在。

可是袁枚也像實齋一樣不廢學，也主張以人巧濟天工、以學問

輔性靈。他批評翁方綱：「天涯有客號詅痴，錯把抄書當作詩，抄到鍾嶸詩品日，該他知道性靈時」（《詩集·卷廿七·論詩詩》），又說：「詩之傳者，都自性靈，不關堆垛」（《詩話·五》），均非原則性地反對學，而是反對堆砌書卷知識、反對以學爲本。反之，若有才華，且能再濟之以學問，他是贊許的：「易牙善烹，先羞百牲；不從糟柏，安得精英？日不關學，終非正聲」（《續詩品·博習》）「孟子曰：『其至爾力，其中非爾力』，至是學力，中是天分」（《詩話補遺·六》）。

這是以才爲本的才學兼備論。這樣的理論，與當時論才、論學者相同，都是說理不圓之談。因爲天才與學力之關係並未說明清楚。

由才之角度說，人之能考證、擅義理，也是才分使然，故學者與理學家也不能就說是無才，只不過他們缺乏文章之才而已。可是文章之才究竟爲何？袁枚以性靈說之、葉燮以才識膽力說之，固然能得其彷彿。然而，做考證、說義理，難道就不須才識膽力、不須性靈？實齋謂「義理主於識」，焦循謂「無性靈不可以言經學」（《雕菰樓集·卷十三·與孫淵如觀察書》），就都指出了經學考證或義理之學均有待於性靈。故才情性靈乃成學之本，從事義理考證與文章均須有天分有性靈。既如此，則，一、義理、考證、文章之才，不同者何在，依舊沒法得到說明，性靈變成通義。二、若文章之士的才華，在於他們對文字具有特殊的敏感及操弄能力，則又陷入了矛盾。因爲從重才的立場說，文之本在於才情、性靈，不在文字不在法，不能「以文字爲詩」。三、以人巧濟天工、以學問輔才力，是兩相折衷之法，但折衷並不能保證爲善。人巧鑿而天性漓、學問積而天機窒，同樣是非常可能的。論者於此，並未提出「如何折衷」

之辦法。四、論詩文創作時，以才爲本。論才學兼備時，又把才與學對舉著說。縱分主從，仍不免把學的地位提高了，理論上往往不能圓融，啓人疑竇。

正因重才者說理未圓，故令重學重法者有可攻之隙或仍具發展之空間。

像被袁枚批評的翁方綱，也主張「考訂、訓詁之事與詞章之事，未可判爲二途」（《復初齋文集・四・蛾術編序》），但他的合一之法，便不是由才說，而是由學說。

由學說，也非至翁方綱始如此。翁氏之前，朱彝尊論詩云：「天下豈有捨學言詩之理？」（《曝書亭集・卷三九・棟亭詩序》）、厲鶚論詩云：「故有讀書而不能詩，未有能詩而不讀書」（《樊榭山房文集・卷三・綠杉野屋集序》），均主於學問。浙派詩人，以此見稱，而皆見譏於袁枚等說性靈者，但流衍不絕，與桐城之日漸勢盛相似。翁方綱繼起，乃以學問肌理說神韻。

世多稱翁方綱的理論爲「肌理說」，其實肌理只是法的一部分。《復初齋文集》卷八〈詩法論〉云：

> 法之立也，有立乎其先、立乎其中者，此法之正本探源也。有立乎其節目、立乎其肌理界縫者，此法之窮形盡變也。杜云：「法自儒家有」，此法之立本者也。又云：「佳句法如何」，此法之盡變者也。

前者指學問，後者指肌理，兩者合起來，才是他所謂的法。他以此論神韻，說：「善教者必以規矩焉、必以彀率焉。……先於肌理求

之」（神韻論・中）。也就是由法求神韻。這樣論詩，當然反對嚴羽，故稱：「所謂『詩有別才非關學』之一語，亦是專爲騖博漁跡者偶下砭藥之詞，而非謂詩可廢學也」（同上・下）。如此論詩，才情問題遂幾乎毫不考慮了。

翁方綱的說法，固然極端了些，但是我們要注意整個社會的趨勢問題。由清初開始，錢牧齋、馮班、黃宗羲就痛批嚴羽。浙派崛起，朱竹垞與王漁洋壇坫分立，詩主博洽，正是以學富爲才大。故此所謂博學，非僅爲才情之對立而已，乃是另一種才與學綜合的方式。這種方式，可稱爲「合學人與詩人爲一」的企圖或型態。朱氏之後，翁方綱、錢籜石，其實也屬這個類型。另有浙派以外的揚州學者亦屬這「博學於文」的型態，欲兼考核與辭章爲一體。道光咸豐以後，沿續袁枚之說，偏於性靈一路者，固然有張問陶、郭麐、宋湘等人，可是聲勢已不能與龔自珍、魏源、陳沆、何紹基、鄭珍、莫友芝……等人相比。同光詩壇，更是「合學人詩人之詩二而一之也」的典型。因此，從趨勢上說，清朝是由才到學的發展。詩歌在考證學風、桐城文派盛行的社會中發展，會形成這種現象也是很自然的。

但我說過，由才到學，這個學並不能單純理解爲才的對反者。因爲乾嘉以後論「學」其實是要「合詩人與學人爲一」的。因此這是以學爲主的才學融合論，與嚴羽以才爲主的才學融合，型態恰好相反。其不愜於嚴羽，殆屬必然。

第五章　才德之爭的發展與消亡

文學批評史上論才，以及因論才所引生的爭論，脈絡大底如是，我將之稱爲文才論。

但以上論文才，主要是從才與學、才與法的關係去探討。文才論之內涵當然並不只於此，才德之爭就是另一個重要的脈絡。

只不過，才德之爭發展到了清代，事實上越來越淡漠、越來越不重要了。我們只要看戴震、章學誠、姚鼐等人所區分的三條學問途徑（義理、考據、辭章）中都根本拋棄了德行修養問題，就可以明白那早期極爲重要的道德踐履與修養操持，業已與所謂「學術」分道揚鑣。道德屬於倫理領域，學問則屬另一領域。在這個領域中，「義理」也並不意指進行道德實踐，而是指對義理的研析、闡述。既然道德已不預於學問之事，才德之爭又如何爭起呢？才德之爭的結局如此，無怪乎我人要將之規爲較次要的脈絡了。

當然，這是清朝的情況，早期並不如是。

《典論·論文》已說：「文人相輕，自古而然。……家有敝帚，享之千金，斯不自見之患也」。這就是對文人之批評，謂其人格上有瑕疵。而且這個瑕疵，是因其才來的。由於人才皆有所偏，以致「善於自見」「各以所長，相輕所短」。

曹植也談到過這種情況，他〈與楊德祖書〉說：「劉季緒才不能逮於作者，而好詆訶文章、掎摭利病。……人各有好尚，蘭茞蓀蕙之芳，眾人所好，而海畔有逐臭之夫，……豈可同哉？」這也是指文人相輕。但曹丕說的是才性有偏而相輕所短，曹植論海畔有逐臭之夫者亦指此，可是說劉季緒才短而好譏評，就是另一個才的問

· 才 ·

題了。人才有高下，才智低劣者往往無法了解高明者，且因其不了解而橫生詆訶，故曹植用「逐臭之夫」來形容此類人。香與臭，在此，是客觀的價值區分。才是主觀的能力。文人才士，各以其才論文評藝，但才的限制便使其評議多主觀性，不自知己拙，反笑他人痴。此即形成人格上的缺點。

對於這個文人才士之病，後人頗多申論，如清朝尚鎔〈書典論論文後〉說：「自古文人相輕，一由相尚殊、一由相習久、一由相越遠、一由相形切。相尚殊，則王彝謂楊維楨爲文妖。相習久，則杜審言謂文壓宋之問。相越遠，則元稹謂張祜玷風教。相形切，則楊畏謂蘇轍不知文體。……夫才學兼眾人之長，斯賞識忘一己之美。……邇來學末半袁豹，而季緒詆訶者何多歟？」（《扶雅堂文集·卷五》）分析四種文人相輕的原因，事實上已涵蓋了大多數的情況，看來文人不相輕也難。而他們，還沒提到有才者恃才傲物、藐視俗流、瞧不起沒才華者，那還更令人討厭哩！

范曄就是個現成的例子。他撰《後漢書》特立〈文苑傳〉，足見是位能確認文士地位及文學價值的人，但他偏又看不起文人，說：「常恥作文士」，爲什麼呢？因爲他認爲當時文人都太差了，只有他最好。他又自負能識爲文之奧窔，而「觀古今文人，多不全了此處」。此等心得，「嘗爲人言，多不能賞」，更令他不快，有高才未見賞於俗目之憾。文人之水準如此，他當然羞與爲伍，故說自己「恥作文士」。只能自己嗟賞自己，說：「吾思乃無定方，特能濟難適輕重。所稟之分，猶當未盡」。意謂我的才華如此之大，還未全力施展就遠超過你們這些號稱才子的文人啦！

其語見於〈獄中與諸甥姪書〉。此君是在廁所中誕生的，額頭

· 150 ·

因碰到磚頭受了傷，所以小名叫做磚。長大後，身高不及七尺、又肥又黑，沒鬍鬚、也沒眉毛。但容貌醜陋似乎未使他遭到太大的打擊，倒是說這些話卻難怪他會下獄。此等人，而說自己「恥作文士」「無意於文名」，其實是在說你們都不配作文士，只有我才有資格享有這些文名。

這類反話、這類激矯的態度，范曄以降，例子多得不得了。文人才子越如此「露才揚己」，他就越容易惹人忌恨，越坐實了「文人無行」的批評。才德之爭，重德行者也慣常從這一方面來指摘文人。如顏之推《家訓·文章篇》說：

> 自古文人，多陷輕薄。屈原露才揚己，顯暴君過；宋玉體貌容冶，見遇俳優；東方曼倩滑稽不雅；司馬長卿竊訾無操；王褒過彰僮約，揚雄德敗美新，……。每嘗思之，原其所積文章之體，標舉興會，發引性靈，使人矜伐，故忽於持操，果於進取。今世文士，此患彌切。一事愜當、一句清切，神屬九霄，志凌千載，自吟自賞，不覺更有旁人。加以沙礫所傷，慘於矛戟；諷刺之禍，速乎風塵。

認爲文人性格上多有缺陷，自矜自賞，而無道德操持，又易刺傷別人，結果就是傷害了自己。如「孔融、禰衡誕傲致殞，楊修、丁廙煽動取斃，阮籍無禮敗俗，嵇康凌物凶終，傅玄忿鬥免官，孫楚矜誇凌上，陸機犯順履險」等，均爲殷鑑。

這是從德性上對才士進行批評，才士以其有才而見嗤。但才德之爭複雜的地方亦在於此。瞧不起尋常文人的才子，往往會說：你

們那種文章根本不是好文章，好文章應該是如何如何。應該怎麼樣呢？范曄說要：「情志所託，當以意爲主」，否則就會如一般文士，「事盡於形，情急於藻，義牽其旨，韻移其意。……政可類工巧圖繢，竟無得也」；裴子野說要根柢六藝，否則就是雕蟲篆刻，「淫文破典，斐爾爲工，無被於管弦，非止乎禮義，非高才逸韻者之所爲」（〈雕蟲論〉）。諸如此類說法，經常會以經義、風教、志意爲藳令，謂文能兼德者方爲大才。顏之推說：「文章者，原出五經，……至於陶冶性靈，從容諷諫，人其滋味，亦樂事也。……文章當以理致爲心胸、氣調爲筋骨、事義爲皮膚、華麗爲冠冕」云云，亦屬此類。故他批評：「今世相承，趨末棄本，率多浮豔。辭與理競，辭勝而理伏。事與才爭，事繁而才損」，認爲這些文人均非眞有才、眞能盡才者。

也就是說，對文人才士，他們有個區分：小才者，各以所長，相輕所短；妄有詆呵，不辨妍媸；露才揚己，凌物凶終；徒事辭藻，無當意理。大才則不然，能兼眾體、無偏嗜、知利鈍、養性靈、合理義。故才德相亢者、文人無行者，只是小才。大才卻是周公孔子般的才德相合者。如是，通過對才的批判，竟曲折地達到以才德合一爲內涵的重才論。

換言之，只有才、只以才華爲文，並不是眞才，也不是眞正的好文章。唯有才德相合，始是眞才、始成眞文。

這種論式，事實上也就是唐初文論或古文運動的基調。

隋文帝時，李諤指摘時人：「閭里童昏，貴游總丱，未窺六甲，先製五言。……以傲誕爲清虛，以緣情爲勳績，指儒素爲古拙，用詞賦爲君子。故文筆日繁，其政日亂」。接著王通又痛批文士：

> 文士之行可見：謝靈運小人哉，其文傲，君子則謹。沈休文
> 小人哉，其文冶，君子則典。鮑照江淹，古之狷者也，其文
> 急以怨。吳筠孔珪，古之狂者也，其文怪以怒。謝莊王融，
> 古之纖人也，其文碎。徐陵庾信，古之夸人也，其文誕。或
> 問孝綽兄弟，子曰：「鄙人也，其文淫。」……皆古之不利
> 人也（《文中子·事君篇》）。

如此指責文人無行，非反文學，實欲尊揚文學也，故曰：「古之文
也約以達，今之文也繁以塞」。提倡的是一種「古之文」，也就是
認為後世文人之文均非真正好的文學。他所認同的文人也是古之文
人，即「古君子志於道，據於德，依於仁，而後藝可游也」（同上）
的才德合一之人。

　　此時便已提出貫道的主張了。〈天地篇〉說：「學者博誦云乎
哉？必也貫乎道。文者苟作云乎哉？必也濟乎義」。其言實可視為
韓愈「學所以為道，文所以為理」（〈送陳秀才彤序〉）之先聲。

　　從王通到韓愈，這種主張也是未中斷的，例如《陳書·文學傳
論》說：「文學者，蓋人倫之所基歟！是以君子異乎眾庶。昔仲尼
之論四科，始乎德行，終於文學，斯則聖人亦所貴也」，白居易〈與
元九書〉說：「奉而始終之則為道，言而發明之則為詩。……故覽
僕詩，如僕之道也」，梁肅〈常州刺史獨孤君集後序〉說：「文之
高下，視才之厚薄。……操道德為根本、總體義為冠帶，以易之精
義、詩之雅訓、春秋之褒貶，屬之於詞，故其文寬而簡、直而婉、
辯而不華、博厚而高明」、柳冕〈答荊南裴尚書論文書〉說：「騷
人起而淫辭興，文與教分而為二：以揚馬之才則不知教化，以荀陳

之道則不知文章。以孔門之教評之，非君子之儒也。夫君子之儒，
必有其道、必有其文」……。

諸如此類文獻，都把才德、文道合在一塊兒講，反對近世文風，
復求古義。古文運動之所謂「古文」，涵義亦在於此。

文道關係與才德關係，經隋唐文家如此提倡，再由宋代文家賡
續發揮，當然漸成風氣，一時文統，盡歸古文主盟。道學家推波助
瀾，更強化了文的重道傾向，真德秀編《文章正宗》、呂祖謙編《古
文關鍵》均可見道學家與古文家合流的趨向。

而這個傾向，又是得到政府支持的。對於文人華辭靡語之不利
治化、才穎任誕不中繩墨之有妨風教，北朝以來，迭有評議。故古
文運動才德合一、文道合一的主張，正是政府所歡迎的，認爲有裨
治化、可翼風教。提倡此類文風者，原本也有希望文學能發揮經國
濟民之功能的心態，故亦樂於施用於政教領域。呂祖謙《古文關鍵》
多收策論，原意即在於「取便科舉」（見〈張雲章序〉）。其後科舉
遂正式以道學加上古文的方式爲之，要求士子代聖立言，而發展成
了八股文。

從呂祖謙編《古文關鍵》、樓昉編《崇古文訣》、真德秀編《文
章正宗》、費袞編《文章正派》、謝枋得編《文章軌範》等等以來，
由南宋到清朝桐城派、湘鄉派，可說是古文取得正宗典範地位的時
代。古文與道學與科舉，形成共生的結構，勢力緜亙至清末科舉廢
除爲止。才德合一，亦因此而成爲正宗典範之觀點，凡端言莊論、
正式場合，必然持論如此。

但是，消者息之始，息者消之機。才德合一，正宗化之後，事
實上便空洞化了。以呂祖謙《古文關鍵》來看，其書已論辭不論義，

所重不在心性、義理、治化風教，而在圈點批抹，教人注意「文勢規模」「綱目關鍵」「警策句法」「如何是主意首尾相應」「如何是一篇舖敍次第」「如何是抑揚開合處」「如何是起頭換頭住處」「如何是融合屈折剪裁有力處」等等。樓昉《崇古文訣》，劉克莊謂其「逐章逐句，原其意脈，發其秘藏」（《大全集・卷九六》），而所發之秘，亦在文而不在道。至於謝枋得《文章軌範》，王陽明更是直指其「獨爲舉業者設」（〈序〉）。可見古文家所講的「文與道俱」云云，雖然在言論市場上占盡優勢，大家都認它的價值，但虛尊道，以張皇門面之後，誰也懶得在道上窮深極究、探賾鈎玄。都是虛晃一槍，便埋首經營其文辭去也。此風自南宋已然，非至桐城派才重法不重義。

因此，在高談才德合一、文道合一的時代，若究其實，可說實乃道德空洞化的時代。道德成爲門面語、口號、人人都在講的一種陳腔濫調；而道學漸成僵化、拘執、固閉不通之代名詞；古文則「唐宋八大家」之後，遂無大家；科舉掄才，更是每個人都明白的一場擲敲門磚大賽，獲雋者不在才高、德美、文優理長，而在命遇。

要如此理解，我們才能明白：爲什麼在古文運動以後，才德相合、文與道俱已成爲正宗觀念的時代，社會上反而越來越推崇、越來越喜歡文人才子，社會也越來越文士化。

在這個時代，道德踐履，又已文辭化了。彷彿只要在紙上高談性理、治化、道德、仁義，就已有了德、就已實踐了道德。親行實證的道德修操工夫，淪爲辭藻舖陳之業。

至清，乾嘉樸學興起，又將之知識化。以辨析字詞、考訂章句、校勘版本來論釋義理。尊德性，淪爲論義理；而講明義理之法，則

爲知識化的手段。道德修持及踐履問題，當然也就日益空洞，以迄消失了。

　　文人才士，在此時期，受到道德批判之壓力亦益減輕。才人狂士，以其誕傲，佯狂箕踞、飲酒挾妓、侮狎公卿，不唯時有所聞，抑且社會也默許其成爲一特殊之行爲模式，評價且遠在道學先生之上。一爲文人，非但不會「便無足觀」，更可有「文人無行」之特權，彷彿文人就該如此。直到現在，我去赴宴，一定被勸飲。若辭以不能喝，旁人必然大聲怪詫：「文人怎麼會不能喝酒呢？」是呀，沈湎麯鄉、使酒罵座、醇酒婦人，都是敗德的事，或都可從道德上給予批評，但文人才士不受此限。才德之爭的歷史，也因此無可爭、無須爭了。

國家圖書館出版品預行編目資料

才

龔鵬程著. － 初版. － 臺北市：臺灣學生，
2006[民 95]
面；公分

ISBN 957-15-1302-4(平裝)

1. 中國文學 － 評論

820.7   95002914

才 (全一冊)

著　作　者：龔　　　　鵬　　　　程
出　版　者：臺 灣 學 生 書 局 有 限 公 司
發　行　人：盧　　　　保　　　　宏
發　行　所：臺 灣 學 生 書 局 有 限 公 司
　　　　　　臺 北 市 和 平 東 路 一 段 一 九 八 號
　　　　　　郵 政 劃 撥 帳 號 ： 0 0 0 2 4 6 6 8
　　　　　　電　話 ： (0 2) 2 3 6 3 4 1 5 6
　　　　　　傳　眞 ： (0 2) 2 3 6 3 6 3 3 4
　　　　　　E-mail：student.book@msa.hinet.net
　　　　　　http：//www.studentbooks.com.tw

本書局登
記證字號　：行政院新聞局局版北市業字第玖捌壹號

印　刷　所：長 欣 彩 色 印 刷 公 司
　　　　　　中 和 市 永 和 路 三 六 三 巷 四 二 號
　　　　　　電　話 ： (0 2) 2 2 2 6 8 8 5 3

定價：平裝新臺幣一八○元

西 元 二 ○ ○ 六 年 三 月 初 版

82075
ISBN 957-15-1302-4(平裝)